FISCHER BIBLIOTHEK

Luise Rinser

GEH FORT WENN DU KANNST

Mit einem Nachwort von Hans Bender

S. Fischer Verlag

5. Auflage: 20.-24. Tsd.

Umschlagentwurf: Hannes Jähn
Satz: Otto Gutfreund, Darmstadt
Druck: Georg Wagner, Nördlingen
Einband: G. Lachenmaier, Reutlingen
Printed in Germany 1981
ISBN 3 10 066018 8

›egredere modo, frater, egredere si potes‹

Diurnale monasticum, 10. Februar

Laqueus contritus est et nos liberati sumus.

Psalm 124

Sie haben, lieber Herr, sehr lange auf diesen Bericht warten müssen, so lange, daß Sie vielleicht schon aufgehört haben, ihn zu erhoffen. Sie werden diese Enttäuschung zu den anderen gelegt haben. Und nun, da der Bericht endlich doch in Ihren Händen ist, werden neue Enttäuschungen und Schmerzen für Sie dabei sein, und die allerkleinste davon wird sein, daß nicht Ihre Tochter Ihnen schreibt, sondern ich, eine Fremde. Freilich, so ganz eine Fremde bin ich Ihnen nicht. Ich glaube, Sie erinnern sich meiner. Als Sie vor vier Monaten im Sprechzimmer unseres Klosters in Maria del Monte saßen, kam eine Ordensschwester, um Ihnen zu sagen, daß Sie sich noch ein wenig gedulden müßten. Sie sagten: »Ich habe gelernt, zu warten.« Sie sagten das mit Schärfe und Bitterkeit, und ich wünschte in diesem Augenblick (und das wünsche ich seit jener Stunde immer noch), Sie wären nicht Angelinas, sondern *mein* Vater, und ich könnte zu Ihnen eilen, um Sie zu trösten. Aber ich fand kein einziges Wort, um Ihnen dies oder etwas anderes Tröstliches zu sagen. Ich mußte gehen und Sie allein lassen mit Ihrem Kummer und Ihrer Hoffnung, die so schwach war, daß sie kaum mehr lebte.

Ich war dann auch diejenige, die später, nachdem Sie lange, sehr lange mit Angelina allein gewesen waren, ins Sprechzimmer geschickt wurde, um diese qualvollen Stunden zu beenden und Sie zu bitten, auf die Madre Äbtissin zu warten. So war ich denn Zeugin Ihres Abschieds von Angelina. Sie haben sehr harte Worte gebraucht, und Sie haben keinen Versuch gemacht, Ihre Tochter zu verstehen. Sie haben gesagt, Sie erachteten Angelinas Entschluß, im Kloster zu bleiben, für feige Flucht, und ihre ganze Frömmigkeit für falsch und lügenhaft, wenn sie nicht die natürliche und gebotene Liebe zum eigenen Vater über den selbstsüchtigen Klosterwunsch zu stellen vermöchte. Sie haben auch noch gesagt, daß Angelina offenbar vorziehe, für »das eigene sogenannte Seelenheil« (so nannten Sie es) zu sorgen, statt für Glück und Wohlfahrt der Menschheit, und daß Sie in Angelinas hartnäckiger Weigerung, das Kloster zu verlassen, nichts anderes zu erblicken vermöchten als ein gründliches Mißverstehen des größten Gebotes desjenigen, dem sie zu gehorchen vorgebe.

Dies waren Ihre Worte, und Angelina nahm sie hin, ohne sich zu verteidigen. Sie hatte es wohl vorher versucht, doch als ich kam, war sie zu Tod erschöpft, und sie konnte nichts mehr sagen als ein leises Abschiedswort, das Sie vielleicht nicht einmal mehr gehört haben und das doch für kein anderes Ohr bestimmt war als für das Ihre. Ich war es, die, nachdem die Tür hinter uns zugefallen war, als einzige Angelinas Tränen sah, und wir haben zusammen geweint wie an jenem ersten Tag unserer Begegnung, von dem ich Ihnen sogleich erzählen werde.

Ich will nun nicht versuchen, Ihnen Angelinas Entschluß zu erklären. Entschlüsse dieser Art sind nicht zu erklären. Auch ist das Wort Entschluß falsch. Das werden Sie, so hoffe ich, verstehen, wenn Sie diesen Bericht zu Ende gelesen haben. Das Los ist über einen geworfen, und man ist gewählt. Es gibt keinen Widerspruch. Wer zu widersprechen vermag, ist nicht ein wirklich Gewählter. Die unwiderrufliche Wahl freudig anzunehmen, darin liegt unsere Freiheit.

Seit Ihrem Abschied sind nun vier Monate vergangen. Sie haben nicht mehr an Angelina geschrieben. Sie haben stumm und hoffnungslos darauf gewartet, daß der Bericht, um den Sie Angelina durch die Madre Äbtissin gebeten hatten, bei Ihnen einträfe. Die Madre hat ihr befohlen, diesen Bericht zu schreiben, doch Angelina hat zum erstenmal gebeten, ihr den Gehorsam zu erlassen. Als man sie dennoch zwang, schrieb sie einen so nüchternen Bericht mit Zahlen, Daten und Ortsnamen, daß es für Sie wertlos wäre, ihn zu lesen. Glauben Sie mir: es ist besser, daß ich ihn schreibe, denn durch mich werden Sie erfahren, was Sie von Angelina nie erfahren hätten: wie tapfer sie war, wie treu, wie tollkühn auch und wie unbedingt in allem, was sie tat, als Partisanin, als Novizin und als Nonne.

Der erste Teil des Berichts wird Sie erfreuen, und Sie werden Ihre Tochter mit Stolz wiedererkennen. Der zweite Teil aber wird hart zu lesen sein für Sie. Er mutet Ihnen zu, den Weg Angelinas weiterzuverfolgen, und es ist ein Weg, der Ihnen fremd, mißliebig, töricht und ganz unbegreiflich erscheinen muß. Aber dabei kann Ihnen niemand helfen. Es ist eben so und nicht anders gekommen, und es bleibt Ihnen vorerst nichts zu tun, als das so schwer Begreifliche hinzunehmen, wie man jedes große und kleine Schicksal hinzunehmen hat.

Angelina kam am 29. Mai 1943 gegen Abend zu uns auf den Hof. Ich habe sie kommen sehen. Sie kam nicht aus Perugia, sondern von Norden her über die Felder den Berg herauf, und nicht auf der Straße, sondern auf einem Weg, den nur die nehmen, die zum Hof gehören. Sie ging auch gleich zu der kleinen Tür, die schon ganz von Efeu überwachsen ist und nicht mehr benützt wird, seitdem die Küche einen anderen Eingang bekommen hat. Vor dieser überwachsenen Tür blieb sie stehen. Sie war verwirrt, das konnte ich deutlich sehen. Ich rief sie und fragte, was sie wolle. Sie sagte, sie wolle zur Signora Antonucci. Die Signora aber war seit einem Jahre tot, und von den Antonuccis war keines mehr da; die beiden Söhne waren auf den Liparischen Inseln, ihre Frauen und Kinder wer weiß wo, der Hof war von den Faschisten genommen und einem Funktionär gegeben worden, der mein Onkel war und der mich als Magd zu sich genommen hatte, als mein Vater auf den Inseln umgekommen war.
Das alles sagte ich dem fremden Mädchen. Sie hörte es an und sagte nichts, sie schaute mich nur

an, und dabei spannte sich auf eine merkwürdige Weise die Haut ihres Gesichtes hart über den Bakkenknochen, als sei keine Spur von Fleisch darunter; dann drehte sie den Kopf beiseite wie jemand, der einem Schlag entgehen will, und so, mit bereits abgewandtem Gesicht, schickte sie sich an, wieder fortzugehen. Da hielt ich sie zurück. Ich mußte es mit Gewalt tun, und als ich sie so festhielt, sah ich ihr Gesicht in allernächster Nähe. Es kam mir bekannt vor, und mehr als das: es war mir vertraut. Wer denn hatte so ein Gesicht hier? Wären Haut und Haare heller gewesen, hätte man es vezzoso nennen können. Ich weiß nicht, ob Ihr deutsches Wort ›lieblich‹ genau das meint, was ich damit sagen will. Aber so, wie es war, mit dem dunklen Haar und der braunen Haut und den ein wenig, nur ein klein wenig zu stark betonten Bakkenknochen, erinnerte es an Zigeuner. Es gab eine einzige Familie hier, die so schöne, wilde, leidenschaftliche und verschlossene Gesichter hatte: die Antonuccis. Nur die übergroßen grauen Augen, die waren fremd, darum hatte ich das Mädchen nicht sofort erkannt. Aber wirklich: es war ein Antonuccigesicht, und auf einmal wußte ich, wer gekommen war. »Angelina«, sagte ich, »hab keine Angst, ich bin Giulia. Ich kenne dich, du bist die

Enkelin der Signora Antonucci. Dein Vater ist Deutscher. Du und ich, wir haben als Kinder zusammen gespielt und als Mädchen mitsammen gesungen.«

Dann weinten wir beide und gingen in meine Kammer und erzählten uns alles und weinten wieder. Es war das erstemal, daß ich Angelina weinen sah. In all den Jahren, die folgten, habe ich sie niemals mehr wirklich weinen sehen bis zu dem Tag, an dem sich die Tür hinter Ihnen geschlossen hatte. Damals weinten wir über unser Schicksal; wir hatten das gleiche: beide hatten wir aufhören müssen zu studieren, Angelina Medizin und ich neue Sprachen, beide hatten wir den Vater und das Heim verloren (denn daß Sie noch lebten und nach so vielen Jahren aus Rußland wiederkehren würden, das war nicht zu ahnen), beide waren wir Kommunistinnen, beide glaubten wir mit aller Kraft an die Idee unserer Partei, und beide wollten wir lieber sterben, als aufhören treu zu bleiben und darauf zu vertrauen, daß diese Idee der Welt das Glück bringen würde.

Aber was sollten wir nun tun? Angelina war aus Deutschland geflohen, um sich bei ihrer Nonna zu verbergen; aber die Nonna war tot. Ich wollte sie überreden, bei meinem Onkel zu bleiben und auf dem Hof zu arbeiten wie ich, aber der Vorschlag machte sie zornig. »Für einen Faschisten arbeiten? Lieber verhungern.« So redete sie und so war sie. Nicht einmal ein Stück Brot wollte sie nehmen und keinen Schluck Wein. »Komm«, sagte sie, »wir gehen fort.« Aber wohin sollten wir gehen? »Die vielen, die jetzt auf den Straßen sind, wissen auch nicht, wohin sie gehen«, meinte sie, und sie sagte auch noch: »Wir kommen sicher dorthin, wohin wir kommen sollen.« Sie sagte das mit solch ruhiger Bestimmtheit, daß ich es glaubte, ohne darüber nachzudenken.

In der Nacht gingen wir heimlich fort. Wir hatten nichts bei uns als jede eine Umhängetasche mit dem Allernötigsten, und Angelina hatte auch Geld in einem Gürtel, den sie auf dem bloßen Leib trug. Der Hund, der an der Kette lag, bellte uns lange und laut nach, aber niemand folgte uns. Selbst wenn mein Onkel uns gesehen oder gehört hat, so hat er doch keinen Versuch gemacht, uns zurückzuholen, weder damals noch später; gewiß war er froh, die Tochter eines Mannes, der auf den Inseln gewesen war, auf solch einfache Weise loszuwerden.

Als wir eine Weile gegangen waren, bekam ich Angst. Solange uns die Dunkelheit umgab, war alles gut. Was aber, wenn es Tag werden würde und wir den Deutschen in die Hände liefen? Ich sagte es Angelina. Aber sie sagte nur, und blieb dabei nicht einmal stehen: »Wenn du Angst hast, so kehr um. Ich gehe.« Da folgte ich ihr, und von diesem Augenblick an habe ich ihr gehorcht, obgleich ich zwei Jahre älter bin als sie.

Angelina ging, als hätte sie ein Ziel und kennte genau den Weg. Aber weder sie noch ich wußte, wohin wir wollten. Es konnte scheinen, als gingen wir nur eben, um zu gehen, um irgend etwas zu tun, wenn es schon nichts Besseres zu tun gab. Jeder vernünftige Mensch hätte uns für wahnsinnig halten müssen und für verloren, denn zwei junge Mädchen in diesen Zeiten auf der Straße, das war Freiwild für alle. Aber Angelina war ganz allein aus Deutschland gekommen, und niemand hatte ihr unterwegs etwas zuleide getan. So war sie sicher und kühn geworden. Auch ist sie von Natur aus mutig und zugleich voller Vorsicht. Aber das andere, nämlich nicht zu wissen, wohin wir gelangen wollten, das freilich war abenteuerlich, es war unüberlegt, es war, wie wenn Kinder von zu Hause fortlaufen im Zorn oder in blinder Sehnsucht, ohne irgendein Ziel zu haben. Doch war es in Wirklichkeit ganz anders. Angelinas Kühnheit muß eine große Herausforderung an das Schicksal gewesen sein und scheint ihr einen besonderen Schutz gesichert zu haben. Ich könnte es noch einfacher sagen, wenn Sie das verstehen wollen: sie war gerufen, und sie kam. Wohin man sie gerufen hatte, brauchte sie noch nicht zu wissen. Das würde sich zu gegebener Zeit zeigen.

Und wirklich, es zeigte sich, wenn auch viele Monate später. Noch sind wir auf der Straße oder vielmehr auf dem Feldweg zwischen Assisi und Foligno. Die großen Straßen und den hellen Tag mieden wir. Am Morgen kauften wir uns Brot und was wir sonst noch brauchten, dann verkrochen wir uns in ein Versteck, in einen alten Schafstall oder ins Gebüsch, wie es sich eben ergab, und schliefen, so gut es ging.

Einmal war ich ganz nahe daran, mich von Angelina zu trennen. Es war in der Nähe von Foligno. Da kauften wir in einer Trattoria ein, die einer alten Frau gehörte, deren drei Söhne gefallen waren. Das Haus war ganz verkommen und sie selber krank vor Kummer und Arbeit. Ich sagte zu Angelina, ich wolle bei ihr bleiben. Angelina antwortete mir nicht, aber sie sagte zu der Frau, wir würden ein paar Tage bleiben und die nötigste Arbeit tun. Ich hatte vorher nicht gewußt, wie

geschickt Angelina war und wie sie arbeiten konnte.
Die Alte sagte: »Das wäre ein Schwiegertöchterchen für mich gewesen«, und sie beschwor uns, nicht mehr fortzugehen.
Aber eine Woche später, als das Haus in Ordnung war, sagte Angelina eines Abends: »Ich gehe.« Sie sagte nicht: »Komm, wir gehen.« Sie sagte nur: »Ich gehe.«
Ich weiß nicht, warum ich mit ihr ging, obwohl ich für mein Leben gerne bei der Alten geblieben wäre, um ein wenig Geborgenheit zu haben. Aber Angelina hatte schon damals das, was sie vierzehn Jahre später zu einer so bewundernswerten Novizenmeisterin machte: sie war niemals hart und rechthaberisch, aber in sich so klar und so bestimmt, daß man ihr einfach gehorchte, ob man wollte oder nicht. Immer schon hatte man das Gefühl, daß sie wußte, was sie wollte, und daß sie nur darüber schwieg. Damals freilich war das, was sie wollte, nichts als dies: weiterzugehen.
Aber was für ein weiter Weg war das von Foligno bis Santa Maria del Monte!
Nur einmal auf diesem Weg habe ich sie in Verwirrung gesehen, oder vielmehr zweimal, an einem einzigen Tag, und beides hing eng zusam-

men, beide Male ging es im Grunde um das gleiche. Ich hatte den Rosenkranz meiner Mutter als Andenken in meiner Tasche, in einem Beutelchen. Das fiel mir heraus und ging im Fallen auf, und Angelina sah, was darin war. Ich schämte mich und sagte rasch: »Dies ist nur ein Andenken an meine Mutter.« Angelina schaute mich kurz von der Seite her an, dann sagte sie: »Warum entschuldigst du dich?« Und als ich nicht antwortete, sagte sie: »Ihr Italiener seid alle gleich. Ihr wollt die Weltrevolution, aber den Papst zum obersten Kommissar.« Das ist wohl wahr, und ich schämte mich und ließ heimlich den Rosenkranz fallen und scharrte Staub darüber. Danach redeten wir ein paar Stunden lang kein Wort miteinander. Das war am frühen Morgen.

Wir waren in einer sehr einsamen Gegend und konnten es wagen, auch am Vormittag zu gehen. Ich merkte aber, daß Angelina hinkte. Sie klagte nicht, aber schließlich sah ich, daß sie an der Ferse eine große offene Blase hatte, und ich hatte Angst, daß sie sich eine Blutvergiftung zuziehe. Der Fuß war schon ganz rot. Als wir an ein einsames Haus kamen mit einem Brunnen an der Mauer, machten wir Rast, und Angelina wusch und verband den Fuß. Dann ging die Tür auf, und jemand rief aus dem Halbdunkel, wir sollten eintreten. Wenn Angelina nicht solche Schmerzen gehabt hätte, wäre sie wohl nicht gefolgt. Das Haus war nämlich ein Kloster, arm und alt, und die Frau, die uns gerufen hatte, war eine Ordensfrau, ich weiß nicht, welchen Ordens, vielleicht waren es Clarissinnen; auch den Namen des Klosters habe ich vergessen; es lag in der Nähe von Rieti. Man gab uns eine leere Zelle außerhalb der Klausur und behandelte Angelinas Fuß, und wir blieben über Nacht.

Ehe ich einschlief, kam Angelina an mein Lager. Sie drückte mir etwas in die Hand; es war mein weggeworfener Rosenkranz. »Da«, sagte sie, »nimm ihn wieder. Man muß zu dem stehen, woran man glaubt, und wenn es so ein Ding da ist.« Und dann sagte sie: »Ich bin nicht besser als du; ich nehme die Gastfreundschaft an von denen hier, die wir nicht dulden wollen in unsrer neuen Welt.«

In der Nacht wachte ich auf von einem Gesang. Er kam aus der Kapelle. Sie beteten dort zwischen Mitternacht und Morgen; es war die Matutin, aber das wußte ich damals noch nicht. Ich hörte es wie im Traum, und wie im Traum auch sah ich Angelina am Fenster stehen. Ihr Gesicht war vom

Mond beschienen, und ich konnte sehen, daß es feucht war von Tränen. Ich hatte nicht den Mut, sie anzusprechen; ich dachte: sie hat vor Verlassenheit geweint. Aber heute weiß ich den wahren Grund, und Sie, lieber Herr, könnten ihn auch erraten.

Am Morgen aber zeigte sie sich besonders rebellisch. Die Oberin wollte uns nicht fortgehen lassen. Zwei junge Mädchen auf der Straße in Kriegszeiten, das dürfe sie nicht erlauben, und wir könnten gut und gerne bleiben. Ich war sofort einverstanden, denn ich bin von Natur aus feige. Aber Angelina sagte ein wenig scharf: »Was sollten wir hier tun?«

Die Oberin erwiderte, wir könnten im Garten arbeiten und im Haus. Garten und Haus waren kühl und still und weitab vom Krieg, wie mir schien.

Angelina aber sagte: »Draußen hungern Millionen und werden geschlagen in den Lagern und sterben einen armseligen Tod, und wir sollten hier in Frieden leben und geborgen sein? Das nennen Sie Nächstenliebe.«

Die Oberin war eine alte Frau. Sie sagte sanft: »Und Sie, meine Liebe, wollen fortgehen, diese Millionen zu retten?«

Angelina wurde blaß, sie antwortete aber nicht.

Da sagte die Oberin: »Tun Sie nur, was Sie meinen, tun zu müssen. Aber vergessen Sie nicht, daß auch wir die Menschen lieben und um sie zittern, mehr als um uns selbst. Es gibt verschiedene Weisen, diesen Millionen zu helfen.«
Jetzt entgegnete Angelina, und sie tat es ruhig und bestimmt: »Es ist mir unmöglich, Sie zu verstehen. Ich bin die Tochter eines Kommunisten. Ich selbst bin Kommunistin. Ich kenne nur eine einzige wirksame Art, den Menschen zu helfen. Soziale Not kann nur durch eine große soziale Politik behoben werden. Alles andere ist Ausflucht und Traum.«
Mir schien, dies sei eine gute Antwort, die beste, die es gab, die einzig wahre. Aber die Oberin sagte nur: »Ach, mein Kind, wie sind Sie kurzsichtig.«
Darauf erwiderte Angelina nichts mehr, und wir gingen.
Angelina hatte aber ihre Sicherheit verloren, so daß ich zwei oder drei Tage lang die Führung übernehmen mußte. Dann aber war es vorbei. Doch hatte sie von da an etwas in ihrem Gesicht und auch in ihren Worten, was vorher nicht dagewesen war. Ich kann es nur Trotz nennen, aber es war kein finsterer Trotz, es ist schwer zu beschreiben. Es war etwa so, als wollte sie ein wenig

herausfordernd sagen: »Nun, wir werden schon sehen, wer recht hat. Ich behalte jedenfalls meinen Weg bei.«
Man hat uns später oft gefragt, ob wir denn keine Angst gehabt haben und ob uns nie etwas Böses gedroht habe. Ich muß gestehen, daß ich oft Angst hatte, aber ich glaube, Angelina kannte dieses Gefühl gar nicht. Einmal kam ein Rudel von Tieren in Sicht, ich hielt sie sogleich für Wölfe und war starr vor Schrecken. Aber Angelina sagte, es seien nur streunende Hunde. Ich glaubte es ihr, weil ich es glauben wollte, aber ich meine doch, es waren Wölfe aus den Abruzzen, und Angelina hat es gewußt. Hunde kommen nicht in solchen Rudeln. Aber auch wilde Hunde können gefährlich sein. Was es auch war, Wölfe oder Hunde, die machten sich davon und taten uns nichts.
Es gab noch andere Gefahren, aber da uns ja nichts geschehen ist, brauche ich nicht davon zu sprechen.
Wir gingen und gingen, und eines Tages fanden wir uns in einem tiefen grünen Tal an einem raschen Fluß. Es war ein einsames Tal, nur hoch oben an den Berg geklebt, über dem Steineichenwald, sahen wir ein Haus, das unverkennbar ein Kloster war. Aus Bildern erkannte ich es: es

mußte Subiaco sein, und der Fluß war der Aniene.

Angelina sagten diese Namen nichts. Sie wußte nichts von San Benedetto, und als ich ihr erzählen wollte, sagte sie nur: »Ach, laß mich in Frieden mit Legenden.« Ich erwiderte, es sei keine Legende, es sei historisch; da sagte sie: »Was du eben für Geschichte hältst! Du mit deinem Kapellendunkel im Kopf! Geschichte ist helles Licht. Was nicht hell ist, geht uns heute nichts mehr an. Ich verstehe nicht, wieso du eigentlich zur Partei gehörst.«

Ich hätte vieles darauf sagen können, aber ich wollte nicht streiten, und übrigens hörten wir beide zugleich einen Laut, der klang, als ob jemand unterdrückt schluchze. Dann sahen wir einen kleinen Burschen, vielleicht zwölf Jahre alt, der hinter einem Mäuerchen lag und mit den Fäusten auf den Boden schlug und weinte. Er sah und hörte nichts in seinem zornigen Kummer, aber Angelina setzte sich neben ihn und wartete, bis er ruhiger war, und brachte ihn zum Sprechen. Er war von zu Hause fortgelaufen, von Rieti, um seine beiden großen Brüder zu suchen, die zu den Partisanen nach Rom gegangen waren. Ihn haben sie nicht mitgenommen, weil er zu jung war und bei der Mamma bleiben sollte. Aber das war eine

Schande für ihn, und nun war er auf und davon und wollte nach Rom, aber er fand Rom nicht, und heim wollte er nicht mehr, um keinen Preis. Er war ein Kind, aber trotz seiner Tränen hatte er etwas an sich, das uns zwang, ihn ernst zu nehmen.

Als Angelina sagte: »Die Polizei wird dich holen und heimbringen«, zeigte er uns einen Revolver, den er in der Tasche trug, und man konnte sicher sein, daß er damit umzugehen verstand. Schließlich fragten wir ihn, ob er denn genau wisse, wo seine Brüder seien. Ja, sagte er, aber das dürfe er nicht verraten. Nun, so sollte er es für sich behalten und mit uns nach Rom gehen. Das war Angelinas Entscheidung.

Ich war erstaunt. Nie zuvor war davon die Rede gewesen, nach Rom zu gehen, denn das hieß für Angelina, aus der Bratpfanne ins Feuer fallen: Rom war voll von Deutschen. Sosehr sie auch für eine Italienerin gelten konnte, mehr sogar als ich, die ich blond bin wie eine Deutsche, so war's doch möglich, daß man sie erkannte. Aber sie blieb dabei, und so gingen wir denn nach Südwesten weiter. Wir waren nun zu dreien. Der Kleine hieß Tommaso. Wir wagten nicht, auf der Via Tiburtina oder der Nomentana zu gehen und auch auf

keiner anderen größeren Straße. So gerieten wir denn schließlich auf den Monte Mario, und da, da sahen wir zu unseren Füßen Rom. Es war am 26. Juni 1943. Keines von uns dreien war je zuvor in Rom gewesen. Wir standen lange still und hörten unser Herz klopfen. Dann gingen wir hinunter in die Stadt.
Vom Krieg war damals in Rom gar nichts zu spüren. Nicht einmal deutsche Uniformen sahen wir. Aber viele Männer sprachen deutsch. Die Deutschen trugen Zivil. Das taten sie, um die Alliierten glauben zu machen, in Rom liege kein deutsches Militär. Damit, so meinten sie, verhindere man, daß Rom bombardiert werde. Sie wollten Rom, die schöne Stadt, bewahren und für sich behalten. Angelina sagte, sie täten es aus sentimentaler Anhänglichkeit an ihre humanistische Bildung und auch aus Angst davor, der Vatikan könnte getroffen werden, und man schöbe ihnen die Schuld zu und würde es ihnen nie verzeihen. Für mich war es sehr verwirrend, diese Deutschen zu sehen, wie sie herumgingen, als seien Friedenszeiten und sie in Ferien hier. Sie schienen ganz ohne kriegerischen Eifer und harmlos, und sie achteten nicht auf uns; wir aber haßten sie.
Wir gingen und gingen und wußten kein Ziel, die

Zunge klebte uns vor Durst am Gaumen, und ich war ganz verzagt. Auch Angelina war nicht so sicher wie sonst. Plötzlich aber zeigte Tommaso, daß er kein Kind mehr war und daß er so lange wie ein Mann zu schweigen verstanden hatte, bis er sicher war, uns vertrauen zu können. Er hatte die ganze Zeit über genau gewußt, wohin er in Rom gehen wollte, und nun nahm er uns mit. Ich hatte Angst, aber Angelina sagte, wir könnten es wagen mitzugehen. Tommaso kannte eine Adresse in Trastevere, und wir suchten sie.

Es war eine Trattoria. Sie war zu dieser Stunde leer. Ein alter Mann schlief in einer Ecke. Tommaso weckte ihn und flüsterte ihm vieles ins Ohr. Der Alte erwiderte kein Wort, er schaute uns nur an, und weiterhin stumm, führte er uns durch einen Hinterhof in einen Keller. Dort schloß er uns ein. Ich war voller Furcht, das ist zu begreifen, aber Tommaso und Angelina blieben ganz ruhig, und das beruhigte auch mich. Eine Weile später kam ein junger Mann; er fragte, ob wir fremde Sprachen beherrschten, ob wir lernen wollten, Funkgeräte zu bedienen, und ob wir wagten, bei ihm zu bleiben. Von diesem Tage an waren wir bei den Partisanen und gehörten zu Antonios Gruppe.

Diese Gruppe hieß ›L'Altalena‹: ›die Schaukel‹. Antonio hatte sie so genannt, weil sie gleich einer Schaukel bald oben war, bald unten, bald siegreich, bald in die Flucht geschlagen, und weil ihr Ort wie der einer fliegenden Schaukel zwischen Himmel und Erde war und nie genau zu bestimmen; und auch, weil es von jeher eine wilde Freude für ihn gewesen sei, so hoch zu schaukeln, daß seine Mutter vor Angst schrie, während er, besessen von dem Wunsch, einmal mit den Füßen den Himmel zu berühren, immer noch höher zu fliegen versuchte.
Dieser Antonio war ein seltsamer Bursche. Er sah keineswegs so aus, wie man sich den Anführer kommunistischer Partisanen vorstellt. Er war schmal und fast zart, ein wenig wie ein Araber. Er hatte eine leise, sanfte Stimme, und mit dieser sanften Stimme gab er seine kurzen Befehle; sonst sprach er fast nie, mit mir jedenfalls nicht; aber mit Angelina schien er öfters zu reden, denn sie wußte vieles von ihm. Einige Male sah ich die beiden wie ein Liebespaar auf der Mauer am Tevere sitzen, aber sie berührten sich nicht, sie schauten sich nur an. Antonio war Student der Theologie gewesen. Zwei Jahre vor der Priesterweihe war er plötzlich zu den Kommunisten gegangen. Er wollte Rechts-

wissenschaft studieren, aber sein Onkel, der ein Monsignore war und für ihn gezahlt hatte, solange er bei der Theologie geblieben war, gab ihm nichts mehr, keine Lira, und auch sonst wollte ihm niemand helfen, da ging er zu den Partisanen.

Angelina sagte, es habe für ihn keinen anderen Weg gegeben als diesen, denn seine Religion habe ihm nicht antworten können auf die Fragen, mit denen er sich Verstand und Herz zermarterte: warum schützt die Kirche das Privateigentum und die Reichen, warum segnet Il Santo Padre die geldgierigen, machthungrigen, heuchlerischen Völker des Westens, und warum rief er zum Kampf auf gegen den Kommunismus, der ein Reich des Friedens auf Erden will, und warum drängt die Kirche nicht darauf, daß der Großgrundbesitz in Italien aufgeteilt wird, und warum läßt Gott die Armen in Armut und lehrt sie Geduld und Sanftmut statt Rebellion gegen ihre Unterdrücker, warum schützt sie alles Bestehende, auch wenn es noch so schlecht ist, warum, warum, warum? Und nun war Antonio also Kommunist und Anführer einer Partisanengruppe und kämpfte gegen die Faschisten und die Reichen und gegen seine Religion und gegen sich selbst und war nicht glücklich dabei, aber er stand, wo er stand und hielt seinen Posten mit verzweifelter Treue, und Angelina stärkte ihn.

Fast zwei Monate lebten wir wie Soldaten in der Etappe, man könnte auch sagen wie Mäuse in der Falle: wir wohnten im Keller, in dem es nach saurem Wein roch und nie ganz hell war, dort aßen und schliefen wir, und dort hörten wir ausländische Sender ab und die Geheimnachrichten, die über unser Funkgerät kamen; Angelina hatte rasch gelernt, sie zu entschlüsseln, und ich übersetzte sie ins Französische, Englische und Deutsche, denn in unserer Gruppe waren auch Ausländer. Ich hatte oft Angst, daß man uns bei der Arbeit entdecken könnte, denn dann wären wir erschossen worden. Angelina sagte, wir seien ziemlich sicher, aber sie sagte auch, wir hätten kein Recht, Sicherheit und Leben zu verlangen.

Wenn sie so sprach, fürchtete ich mich fast vor ihr, obwohl sie es ganz einfach sagte, ohne heroisch scheinen zu wollen; aber eben dies, daß es ihr Wesen war, so unbedingt zu sein, dies war es, was mir Furcht einflößte. Ich konnte sie mir gut vorstellen, als Märtyrin im ersten Jahrhundert nach Christus, und das sagte ich ihr auch einmal. Sie schaute mich ein wenig mitleidig an. »Du fühlst dich wohl als kleine Glaubensheldin in der Katakombe hier unten? Ich finde, dazu haben wir keinen Grund. Wir tun unsere Pflicht, und wir könnten es weit schlechter haben. Im übrigen vergißt du, daß ich keine Christin gewesen wäre. Was ich getan hätte, wäre gewesen, die Leute aufzuhetzen gegen den Kaiser.«

Und weil wir trotz allem junge Mädchen waren, dachten wir uns in den folgenden Tagen eine ganz lange Geschichte aus, in deren Verlauf wir das Rom des ersten Jahrhunderts revolutionierten.

Aber diese Geschichte wurde am 24. Juli jäh abgebrochen durch die Nachricht vom bevorstehenden Sturz Mussolinis. Am 25. nachmittags war es soweit. Ich dachte, nun würden wir erlöst aus unserem Keller und aus jeder Gefahr, denn der Krieg sei zu Ende. Aber Antonio tat etwas, was er nie vorher getan hatte und nie nachher mehr tat: er strich mir über das Haar und, obgleich er nur wenig älter war als ich, sagte er väterlich: »Arme Kleine, jetzt beginnt der Krieg erst wirklich.« Alle dachten wie er. Niemand freute sich. Man vernichtete nur in sachlicher Wut alle faschistischen Abzeichen, wo man sie fand; überall wurden sie abgewaschen, abgetrennt, durchgestrichen, abgerissen und an den Hauswänden standen keine Parolen des Duce mehr, sondern jene des Königs,

aber sie hatten keine Zündkraft, das war deutlich zu spüren.
Ich war von alledem enttäuscht. Angelina aber war wie elektrisiert. »Jetzt kommt die Entscheidung«, sagte sie, »jetzt, Giulia, wird es hart auf hart gehen.« Dann sagte sie: »Wenn du Angst hast, geh lieber fort, geh heim, jetzt bist du noch frei.« Ich wollte nicht fortgehen, und ich glaubte auch nicht, daß es sehr schlimm sein würde in nächster Zeit. Und wirklich blieb es eine Weile noch ruhig für uns.
Antonio aber verließ uns, und er nahm auch Tommaso mit, sie gingen in die Albanerberge, die ganze Gruppe. Nur Angelina und ich blieben zurück in unserem Keller mit unseren Geräten. Jede Nacht kam ein Bote von Antonio und brachte uns Nachrichten und holte die unseren. Diese Wochen waren so spannend, daß ich die Angst vergaß. Es war die Zeit, in der deutsche Fallschirmjäger landeten, in der Mussolini befreit und der König gestürzt werden sollte; die Brennerstraße war schon im Verteidigungszustand, und unser Außenminister verhandelte insgeheim mit den Alliierten, des Waffenstillstands wegen, und das war wahr, auch wenn die Zeitungen es dementierten.
Unsere Gruppe war größer geworden: fünf engli-

sche Südafrikaner waren zu ihr gestoßen und hatten Waffen mitgebracht, Zweizentimetergeschütze und drei Maschinengewehre und auch eine weitere Funkstation. Unsere Leute machten waghalsige Dinge: einige hatten Posten bei den Deutschen angenommen und trieben Spionage und Sabotage; einer war Flugmelder geworden, ein anderer Kraftwagenführer; einer von Tommasos Brüdern arbeitete als Elektromonteur bei ihnen, er hörte militärische Telefongespräche ab und unterbrach die Leitungen, damit telegrafische Befehle erst mit stundenlanger Verspätung durchkamen; und Antonio hielt alle Fäden in seiner Hand.

In dieser Zeit erlebten wir auch den ersten Bombenangriff. Es war am 11. August. Antonio war in Rom, er hatte uns für ein paar Stunden an die Luft geschickt, und wir waren gerade bis zur Piazza Pia gekommen, als die Flugzeuge sich näherten. Die Römer hatten Angst; sie schrien und liefen vor den Bomben davon wie Schafe vor dem Wolf, und wohin liefen sie? Wir standen am Beginn der Via della Conciliazione, wir sahen es genau: alle liefen sie dem Vatikan zu. Mir war zumute wie ihnen, und ich wollte mitzulaufen beginnen. Aber Angelina hielt mich fest.

»Bleib«, sagte sie ruhig, aber sie wurde dabei, wie oft in Augenblicken großen Zornes, ganz blaß.
Ich versuchte, mich zu verteidigen: »Komm doch, dort sind wir sicher. Auf den Vatikan wirft niemand Bomben.«
Angelina sagte: »Du irrst, es gibt auch Notabwürfe, und es gibt zu frühe und zu späte Auslösungen, und es gibt auch Attentäter, verstehst du?« Dann ließ sie plötzlich meinen Arm los und rief: »Aber lauf doch mit, lauf nur, lauf in deinen Stall, da gehörst du doch hin. Ach ihr Italiener! Der Vatikan, der ist für euch das Amulett gegen den bösen Blick.«
Ich war nun auch zornig, aber ich schwieg, ich dachte nur: ›Ich möchte wissen, Angelina, ob du nicht viel darum gäbst irgendeine Stelle in der Welt zu wissen, wo du dich daheim und geborgen fühlen könntest.‹
Vielleicht dachte sie dasselbe, denn es war wie eine Antwort, als sie sagte: »Ach Giulia, Sicherheit, äußere und innere, die gibt es nirgendwo mehr.«
In diesem Augenblick geschah etwas, das nicht hätte geschehen dürfen, weil es ganz ohne Notwendigkeit geschah; es hätte auch um Angelinas willen nicht geschehen dürfen: eine alte Frau war

im Gedränge gefallen, die Leute stiegen zuerst im Laufen über sie hinweg, dann stießen andere sie mit den Füßen beiseite, und niemand half ihr aufzustehen. Angelina aber kämpfte sich zu ihr hindurch, hob sie auf und führte sie beiseite. Während am Stadtrand die Bomben fielen, brachten wir die alte Frau nach Hause.

Wie denn, lieber Herr, konnten Angelina und Antonio und ich und Sie glauben, daß die Christen einander liebten nach ihrem höchsten Gebot, wenn wir sie so handeln sahen? Was hilft es, dies nicht wahrhaben zu wollen?

Mit Septemberanfang änderte sich unser Leben. Es wurde so, wie Angelina vorhergesagt hatte: es wurde hart. Antonio ließ uns, ohne uns eine Erklärung zu geben, mit einem deutschen Wehrmachtsauto, das einer von Tommasos Brüdern fuhr, bei hellem Tage aus Rom holen und in die Gegend von Frosinone bringen. Dort, in den Bergen und Wäldern, hatte Antonio eine Art Hauptquartier aufgeschlagen. Unsere Gruppe war ziemlich groß. Die meisten waren natürlich Italiener, Deserteure, Antifaschisten. Aber außen den Südafrikanern waren auch Österreicher, Deutsche, Franzosen und ein amerikanischer Offizier dabei. Ich glaube, Antonio erwartete damals schon die

Landung der Alliierten, darum war er in den Südwesten gegangen. Aber er hatte sich geirrt, und einige Wochen später schlugen wir uns nach dem Norden durch, denn dort lag, auf der Rocca Romana am Braccianosee, eine weit größere Gruppe, der sich Antonio anschließen wollte.
Aber ehe wir Latium verließen, geschah etwas, das freilich für den Verlauf des Krieges ganz unwichtig war, aber um so wichtiger für Angelina, und es ist ja Angelinas Geschichte, nicht die des Krieges, die ich Ihnen erzähle.
Es war der 9. September 1943; für Angelina ein unvergeßliches Datum. An diesem Tag wurde Frosinone von Bomben zerstört, und daß diese Stadt bombardiert wurde, war begreiflich, denn sie hatte einen großen und wichtigen Bahnhof. Aber am selben Tag wurde auch eines jener Städtchen zerstört, die dort hoch oben auf den Bergen liegen und von ferne wie Kastelle aussehen, die aber, wie jedermann weiß, nichts sind als regellose Ansammlungen armseliger Steinhäuser. Daß diese kleine graue unbekannte Stadt zerstört wurde, war unbegreiflich, denn dort lag kein Militär. Es war Zufall, ein Versehen, ein Irrtum. Angelina und ich schauten von ferne zu, wie das brannte, was brennbar war, und wie die Mauern stürzten.

Noch heute kann ich Angelina sehen, wie sie dastand, regungslos, die Hände zu Fäusten geballt und auf den Mund gepreßt, und die Augen unverwandt auf diese fremde sterbende Stadt gerichtet. Antonio drängte schließlich zum Aufbruch, und ich rief Angelina, aber sie hörte mich nicht, so laut ich auch rief. Ich mußte sie rütteln, bis sie zu sich kam. Ich kann es nicht anders nennen: sie kam zu sich, denn sie war nicht bei sich gewesen, und als sie erwachte, schaute sie mich verstört an wie eine Fremde, und so blieb sie noch tagelang. Ein einziges Mal sprach sie, und alles, was sie sagte, war die Frage, wie jener kleine Ort geheißen habe. Antonio sagte es ihr, dann fiel sie wieder in Schweigen. Ihr Zustand machte mir Sorge, ich verstand ihn nicht, und sie erklärte nichts.

Viel später erst habe ich erfahren, was geschehen war, aber dies ist etwas, was Sie vielleicht nicht glauben wollen, lieber Herr, und doch müssen Sie es glauben, so wie ich es glaube, und bald werden Sie in diesem Bericht auf die Stelle stoßen, die Ihnen bestätigt, daß Angelina an jenem Tag ihr Schicksal vorausgeahnt hat. Es dauerte fünf Monate, bis der Verlauf des Krieges uns wieder in jene Gegend führte und bis Angelina auf eine in Kriegszeiten ganz natürliche und für uns doch seltsame Weise in jenes Städtchen kam, welches das geheime Ziel ihrer langen Wanderschaft war.

Aber in diesen fünf Monaten geschah vieles, und Sie finden Ihre Angelina wieder so, wie Sie sie zu finden wünschten: ganz Ihre Tochter, treu und furchtlos wie ein Mann und, wie es scheint, leicht zu verstehen. Ich werde Ihnen später einmal viel aus jener Zeit erzählen. Jetzt berichte ich nur weniges, aber ich möchte Ihnen im voraus sagen, daß es für Angelinas wirkliches Leben ganz ohne tiefere Bedeutung war, was sie tat in jener Zeit, es sei denn, man betrachte die Monate, in denen ihr Mut, ihre Treue und ihr Gehorsam auf harte Proben gestellt wurden, als gute Schule für das Kloster. Angelina fand nichts Besonderes dabei, für sie war es nur Selbstverständlichkeit, zu tun, was getan werden mußte. Wir anderen aber bewunderten sie.

Am 16. Oktober wurden wir von den Deutschen eingekesselt. Sie hatten die Wälder am Braccianosee durchgekämmt, und wir saßen in der Falle. Für Angelina und mich bestand keine Gefahr, wir waren Pilzsammlerinnen und waffenlos und hatten mit den Partisanen nichts zu tun. Die Unseren waren bewaffnet, aber es hatte keinen Sinn, zu schießen, denn die Deutschen waren in großer Überzahl. Antonio befahl, sich widerstandslos zu ergeben, und so geschah es. Sie wurden in das nächste Dorf geführt, und dort, auf der Piazza, warteten sie Stunde um Stunde auf eine Entscheidung. Ich hielt alles für verloren, aber Angelina sagte, ich kennte doch Antonio und wie er noch immer sich und die Seinen aus der Schlinge befreit habe. Einige Zeit später kam ein Auto mit einem Major, er ging in die Kommandantur, und bald hörte man ein Gespräch, das sich zu einem recht heftigen Streit auswuchs. Verstehen konnte man kein Wort. Sie schrien sich an. Um etwas verstehen zu können, hätte man am Fenster stehen müssen. Das Fenster aber war im zweiten Stock. Da tat Angelina das einzige, was im Augenblick getan werden konnte: sie kletterte auf eine Steineiche hinter dem Haus und von dort auf das Dach, und durch den Schornstein hörte sie das Gespräch. Es dauerte lange. Aber schließlich hatte Angelina alles erfahren, was wichtig war zu wissen: der Hauptmann wollte die Erschießung, der Oberstleutnant warnte, und der Major, den sie gerufen hatten, schob die Entscheidung auf einen anderen ab; man sollte Antonios Leute zuerst in ein Lager führen. Das Lager war zwei Stunden entfernt. Da es nur zwan-

zig Leute waren, Dilettanten der Kriegführung, schien es den Deutschen genug, vier schwerbewaffnete Soldaten mitzuschicken.
Dies alles konnte Angelina im Vorbeigehen Antonio sagen, und wir wußten nun, daß auf dem Wege zum Lager irgend etwas geschehen mußte, was uns retten würde. Angelinas erster Versuch, zu helfen, mißlang: sie wollte die Burschen im Dorf überreden, dem Zug zu folgen und dic Deutschen zu überfallen. Aber niemand wagte es, und als sie um eine Waffe bat, beteuerten sie, sie hätten keine. Es war viel Zeit verloren mit diesem Hin und Her, und schon war der Zug der Unseren außer Sicht. Da begann Angelina zu laufen, und ich lief mit. Ich weiß nicht, ob sie nach einem Plan handelte; aber ob Plan oder nicht: es gelang ihr, was sie wollte.
Der Weg führte durch eine Schlucht. Wir kamen vor den Unseren dort an, denn wir waren einen Ziegenpfad gelaufen, der viel kürzer war, und wir sahen von oben in die Schlucht. Als die Unseren auftauchten, griff Angelina nach einem Stein, groß genug, einen Mann zu töten, wenn er ihn am Kopf traf. Ich verstand und wollte mitmachen, aber Angelina sagte: »Laß mich es tun.« Sie zielte genau: der Stein ging haarscharf an dem Deut-

schen vorbei, der dem Zug zur Seite ging. Sie warf einen zweiten, der traf. Was sie gewollt hatte, trat ein: es entstand eine große Verwirrung. Der eine der beiden Deutschen bemühte sich um den Verletzten, der andere versuchte zu schießen, aber er wurde im Handumdrehen entwaffnet, und die beiden anderen, die glaubten, eine große Partisanengruppe sei oberhalb der Schlucht versteckt, liefen einfach davon wie Hühner vor dem Fuchs. Da sah ich Angelina zum erstenmal lachen. Vornübergebeugt, die Hände auf die Knie gestützt, lachte sie lautlos, doch dieses Lachen schüttelte sie, als weinte sie. Am Abend fanden wir uns alle wieder zusammen.

Sehen Sie, lieber Herr, so war Ihre Angelina, die die Unsere war.

Sie war nicht nur mutig, sie war klug. Einmal kam ein Engländer zu uns, und Antonio nahm ihn auf. Angelina sagte zu mir, der Mann gefiele ihr nicht, er erinnerte sie zu sehr an einen Deutschen der Geheimen Staatspolizei. Ich merkte, daß sie ihn niemals aus den Augen ließ, aber sie schien nichts Verdächtiges zu bemerken. Sein Englisch war fließend und ohne Akzent.

Eines Tages stellte ihn Angelina auf die Probe: sie sprach ihn plötzlich auf deutsch an, doch er verstand ganz offensichtlich nichts. Ich fand, sie mache sich unnötige Sorge, schließlich kenne Antonio doch seine Leute. Aber Angelina behielt recht. Sie fand ihn eines Nachts mit einem kleinen Funkgerät beschäftigt, das keines von den unseren war. Sie weckte Antonio, und er ließ den Mann fesseln und wollte ihn zwingen, die geheimen Nachrichten des Deutschen Oberkommandos zu entschlüsseln, die er abhörte. Als er sich weigerte, erschoß er ihn vor unseren Augen. Es war das erstemal, daß Angelina sah, wie Antonio tötete.

In dieser Nacht geschah etwas zwischen ihr und Antonio, das ich mehr erraten als gesehen habe, doch habe ich es richtig erraten, denn Angelina hat es mir später gesagt. In dieser Nacht wollte Antonio sie umarmen. Nie vorher hatte er den Versuch gemacht, und nie vorher war von Liebe zwischen ihnen die Rede gewesen. Nun aber war es so, und es war eine gefährliche Stunde. Ich weiß jetzt, daß Angelina Antonio geliebt hat, aber sie hat ihm widerstanden, damals und immer. Ich hätte das wohl nicht getan, wenn er mich hätte haben wollen. Von dieser Nacht an aber ging Antonio Angelina aus dem Wege, und von dieser Nacht an schien es, als wären sein Glück und sein Erfolg dahin.

Anfang November, einen Tag nach dem Bombenabwurf Farinaccis auf den Vatikan, hatten wir gehört, daß die Deutschen eine große Aktion gegen uns planten. Ich glaube, Antonio hätte sich daraufhin eine Weile ruhig verhalten sollen. Aber er schlug die Warnung in den Wind. Er wagte in der nächsten Nacht einen Anschlag auf einen Wehrmachtszug, wurde verraten, verfolgt und in ein Gebirgstal getrieben. Es gab ein scharfes Schießen. Wir verloren damals ein Drittel unserer Leute. Die Verwundeten mußten wir liegenlassen, und jeder sah, wie er sich retten konnte. Ich hatte große Sorge um Angelina, ich fand sie nirgends ringsum, und als längst alles ruhig war und die Deutschen abgezogen, wagte ich es, in das Tal und zu den Toten und Verwundeten zurückzukehren. Einer von ihnen lag im Sterben, ich konnte ihm nicht helfen. Ich fürchtete mich davor, Angelina tot oder sterbend zu finden. Aber sie lebte. Sie kniete neben einem, der einen Bauchschuß hatte und immerfort um Wasser rief. Er war ohnehin verloren, und man hätte ihn gerne trinken lassen können. Es gab aber kein Wasser weit und breit.

Als mich Angelina erkannte, fragte sie mich etwas ganz Befremdliches. »Kannst du beten?« sagte sie.

»Wieso?« fragte ich und war verwirrt.

Sie sagte leise: »Der da liegt, ist Luigi, Tommasos großer Bruder. Ich habe ihm versprechen müssen, zu beten, wenn es mit ihm zu Ende gehen wird. Aber was soll ich beten? Ich kann kein Gebet.«

Ich konnte freilich Gebete aus meiner Kinderzeit, und ich begann, ihr das Paternoster und Ave Maria vorzusagen, und sie erinnerte sich, und damit sie es nicht mehr vergaß, wiederholte sie es von Zeit zu Zeit. Aber es konnte lange dauern, bis Luigi sterben würde. Als er schließlich bewußtlos war, wollte Angelina versuchen fortzugehen, um Hilfe zu holen. Aber als sie ihre Hand aus der Hand Luigis ziehen wollte, kam er zu sich und gab sie nicht frei. Da schickte sie mich fort. Es ging gegen Morgen. Ich glaubte, ich hätte eine Glocke läuten hören und folgte dem Laut und kam immer höher. Sooft ich mich umwandte und ins Tal schaute, sah ich Angelina, wie sie noch immer neben Luigi kniete. Es begann zu regnen und Tag zu werden, und kein Dorf war zu sehen. So kehrte ich wieder um. Ich wollte es wagen, in die Ebene hinunterzugehen, obgleich da die Deutschen waren, aber Angelina ließ mich nicht. Sie sagte, ich solle die Nacht abwarten. So blieben wir denn einen ganzen Tag in diesem Tal mit unseren Toten, die

wir nicht begraben konnten, und mit den Sterbenden, denen wir nicht helfen konnten und die schließlich starben, und zuletzt schlief auch Luigi ein, und Angelina betete, wie sie versprochen hatte, das Paternoster und Ave Maria, eines nach dem andern, und ich betete leise mit.
Es war schon dunkel, als endlich Hilfe kam. Es war Antonio mit dem Rest unserer Leute, und sie begannen eine Grube auszuheben für die Toten. Und dann geschah etwas, das so verwirrend war, daß man es hätte für einen Traum halten müssen, doch es war Wirklichkeit: plötzlich stand ein Priester da, niemand wußte, wer ihn geholt hatte, er segnete das Grab mit Weihwasser und Kreuz und Weihrauch wie auf dem Friedhof, und Antonio respondierte, und die andern beteten mit, und als das Grab zugeschaufelt war, nahm uns der Priester mit in sein Dorf und in seinen Pfarrhof.
Es war ein armseliger Pfarrhof, der ärmste, den ich je gesehen habe, und als der Pfarrer uns Brot, Äpfel und Wein brachte, konnten wir sicher sein, daß es sein letzter Vorrat war, den er mit uns teilte. Wir blieben die Nacht über bei ihm. Einige schliefen in der Küche und im leeren Schafstall, einige standen Wache vor dem Haus, und Antonio, Angelina und ich blieben bei dem Priester sitzen. Er

war noch jung, nur ein paar Jahre älter als Antonio. Auch er war Antifaschist und lebte arm unter seinen Armen, und wir verstanden uns so gut, daß ihn Antonio fragen konnte, ob er mit uns gehen wollte. Antonio fragte das ganz im Ernst, und ich sah, daß der andere es auch ganz im Ernst aufnahm.

Es sah so aus, als ob er wirklich überlegte, mitzugehen, und schließlich sagte er: »Ich gehe mit euch, ich gehe mit unter einer Bedingung: ich verlange, daß ihr aufhört zu töten.«

Antonio fragte, ob er denn glaube, der Faschismus könne vernichtet werden ohne Krieg, und ob ein Krieg gewonnen werden könne, ohne daß dabei getötet wird. Das war so klar und richtig, daß kaum zu denken war, wie dem widersprochen werden konnte.

Der Priester sagte: »Der Krieg, den ihr mit Mord gewinnt, wird euch nicht bringen, was ihr hofft.« Es schien, als sei Antonio nicht zu schlagen. »Dieser Krieg vielleicht nicht«, erwiderte er, »aber wir werden nicht aufhören zu kämpfen und zu hoffen, bis Friede sein wird und Gerechtigkeit.« Der Priester antwortete nicht, und es war eine Weile still, dann sagte Antonio, er schrie es fast: »Einmal wird es soweit sein. Es wird kommen, es muß

kommen.« Dann wurde es von neuem still, bis Antonio plötzlich aufsprang, den Priester schüttelte wie einen Baum und rief: »Glaubst du denn nicht daran?«
Der Priester schaute ihn an. »Mein Armer«, sagte er ruhig, »niemals wird sein, wofür du kämpfst.«
Antonio ließ ihn so rasch los, daß es aussah, als stoße er ihn gegen die Wand. »Niemals wird es sein«, wiederholte er, »niemals, sagst du? Und was ist mit dem Frieden, den dein Gott uns versprochen hat, uns, denen, die guten Willens sind? Willst du leugnen, daß wir guten Willens sind? Sind nicht wir es, die ihr Leben verlieren, damit die Leben haben, die nach uns kommen? Wer ist denn besseren Willens als wir??«
Der Priester schaute ihn an mit einem Blick voller Erbarmen, dann sagte er: »Der Friede, den du meinst, ist ein anderer als der, von dem die Rede ist in jenem Satz.«
»Ein anderer, ein anderer!« rief Antonio. »Ich kenne ihn, euren Seelenfrieden, diese eure geistige Genügsamkeit samt euren unverbindlichen Tröstungen.«
»Sie sind nicht unverbindlich«, sagte der Priester leise.
Aber Antonio wollte nicht auf ihn hören, er rief:

»Und dies alles, was wir tun, dies alles soll vergeblich sein? Woher nimmst du den Mut, das zu sagen? Woher weißt du es?«
Der Priester antwortete nicht sofort. Ich sah, daß es ihm schwerfiel, zu sagen, was er sagen mußte; er wußte, daß Antonio ihn nicht verstehen konnte, und sein Gesicht drückte vieles aus: Traurigkeit und Leid und eine demütige Überlegenheit. Dann sagte er: »Das Reich, das du gründen helfen willst, kann nicht gegründet werden, weil...«
Antonio fiel ihm ins Wort: »Es kann nicht, kann nicht, aber es muß! Was sollen wir denn tun? Die Hände in den Schoß legen und das Land den faschistischen Hunden überlassen? Unsere Kinder den Ausbeutern überliefern? Warten, bis dies alles von selbst sich ändert? Du Narr, du? Siehst du denn nicht, daß das Geschick der Erde in unsere Hand gelegt ist? Siehst du nicht, daß es eine einmalige Chance ist?«
Als er sich ausgeschrien hatte, sagte der Priester nichts als dies, er sagte es so leise, daß man es kaum hörte: »Mein Reich ist nicht von dieser Welt.«
Antonio hörte es nicht, oder er wollte es nicht hören. Er rief: »Aber ihr, du und deinesgleichen, ihr fallt uns in den Rücken. Ihr wollt keinen Fortschritt, weil ihr euch davor fürchtet, eure Macht

zu verlieren! Wenn das Volk nicht mehr auf eure Tröstungen und eure Jenseitsversprechungen angewiesen ist, dann seid ihr überflüssig, das wißt ihr, darum seid ihr gegen uns.«

Nun lächelte der Priester, es war ein Lächeln voller Weisheit und Barmherzigkeit, und er sagte sanft, als spräche er zu einem bösen Kind: »Laß doch Antonio; du machst dich dümmer, als du bist. Du weißt es doch, daß das Leid aus der Welt nicht wegzukämpfen und nicht zu stillen ist mit Brot und Arbeit und Wohlergehen. Sag, weißt du es vielleicht nicht? Du selber bist ja voll von Tränen, die nicht zu trocknen sind.«

Antonio warf den Kopf zurück. »Erspar dir das«, sagte er. »Spar dies als Stoff für deine nächste Predigt. Bei mir verfängt das nicht.«

Der Priester antwortete nicht, er war sehr blaß, und nie werde ich vergessen, was nun geschah. Er streckte Antonio die Hand hin und sagte: »Verzeih. Ich habe nicht das gewagt, was du wagst. Ich habe kein Recht, zu urteilen. Du bist wirklich guten Willens. Ich wünsche dir, du möchtest finden, was du suchst.«

Aber Antonio nahm die ausgestreckte Hand nicht. Er schaute beiseite, und sein Gesicht war voller Verachtung.

Da stand Angelina auf, die bis dahin geschwiegen hatte, und sie legte ihre Hand in die noch immer ausgestreckte Hand des Priesters. »Sie haben recht«, sagte sie, »aber er, er hat auch recht. Wir müssen handeln, jetzt und hier. Das ist unsere Wahrheit. Eine andere dürfen wir jetzt nicht kennen.«

Ich wünschte, dies wäre das letzte Wort gewesen. Aber der Priester, der so sanft schien, sagte plötzlich laut und bestimmt: »Es gibt nicht ›meine‹ und ›eure‹ Wahrheit. Es gibt nur eine. Ihr werdet sie erfahren.« Das klang wie ein Urteilsspruch, endgültig.

Antonio legte seine Hand auf Angelinas Arm. »Sei still«, sagte er, »es hat keinen Sinn, er wird uns nicht verstehen, niemals, denn es ist ihm verboten, uns zu verstehen.« Dann wandte er sich dem Priester zu. »Höre«, sagte er, »ich war wie du. Ich bin Theologe. Ich habe gesprochen und gedacht wie du. Ich habe mich befreit. Tu du es auch. Du stehst auf verlorenem Posten. Über dich und deine Kirche wird die Zukunft hinwegrollen, als wäre sie ein Nichts. Komm mit uns, und du wirst das wahre Leben finden und eine große Aufgabe, für die zu leben und zu sterben es sich lohnt. Laß deinen Traum und sieh die Wirklichkeit.«

Der Priester schüttelte sanft den Kopf, er sagte nichts mehr. Der Morgen war gekommen, und es war Zeit zum Aufbruch. Der Priester blieb auf der Schwelle seines Hauses stehen und sah uns nach.

Plötzlich sagte Angelina: »Und wir haben uns nicht einmal bedankt für Brot und Wein und Obst und Unterkunft.« Sie lief zurück, und ich sah, wie er lächelte über ihre Worte, die wir nicht hörten, und dann zeichnete er mit dem Daumen ein Kreuz auf ihre Stirn. Ich weiß nicht, wie sie es aufnahm, sie machte keine Bewegung, und sie sprach auch später nicht darüber.

Auch Antonio, der es mit angesehen hatte, schwieg. Ich bin überzeugt, daß die beiden den ganzen Tag über wortlos gestritten haben. Es war ein unguter, ein gespannter Tag für sie, und auch die folgenden Tage blieben verfinstert.

Wir kamen damals in die Nähe von Manziana, da waren wir schon einmal gewesen und hatten die Kabel durchgeschnitten. Sie waren auf der Strecke nach Bracciano nämlich nicht auf Masten gespannt, sondern sie lagen auf der Erde. Wir hörten, daß die Deutschen junge Leute aus Manziana aufgefordert hatten, die Kabel zu bewachen. Aber keiner wollte wachen, denn die Deutschen hatten

gedroht, sie alle zu erschießen, falls die Leitung auch nur im geringsten beschädigt würde.
Da ging Antonio hin und bot sich an, mit fünf von unseren Leuten zu wachen. Den Deutschen war es recht, und den Leuten von Manziana war es noch mehr recht, denn wenn etwas geschehen sollte, so konnten sie mit gutem Gewissen schwören und beweisen, daß keiner von ihnen dabeigewesen war. Antonio bezog die Wache. Ich wußte, was geschehen würde, aber ich konnte nicht wissen, was Angelina vorhatte, und ich hörte erst davon, als es geschehen war, einen Tag später, als wir, schon wieder weit von Manziana entfernt, in einem sicheren Versteck lagen. Ich hörte es aus einem Gespräch Antonios mit Angelina. Die beiden glaubten sich allein.
Antonio war böse: »Ich habe es dir nicht befohlen, und ich will nicht, daß du eigenmächtig handelst, und ich will nicht, daß du tust, was nicht deine Sache ist. Entweder du bleibst und du gehorchst, oder du gehst.« Angelina schwieg, oder ich hörte nicht, was sie sagte. Antonio fuhr fort: »Du brauchst mir nicht zu beweisen, daß du Mut hast. Das ist eine Selbstverständlichkeit für jemanden, der hier ist. Verstehst du?« Wieder keine Antwort. Antonios Stimme wurde leiser: »Es wäre über-

haupt besser, du gingst fort. Das ist kein Leben für dich. Was soll denn aus dir werden?« Und plötzlich sagte er laut und hart: »Geh fort, geh heute noch fort. Du wirst es sonst einmal bereuen, bei uns geblieben zu sein.«

Nun endlich sprach Angelina. Sie sprach leise, ich konnte hören, wie gequält sie war. »Antonio«, sagte sie, »ich weiß nicht, warum du so zu mir bist. Ich weiß nicht, was du wirklich meinst. Ich weiß auch nicht, wohin ich gehen sollte. Du bist mir Vater und Bruder und Freund. Ich will bei dir bleiben.«

Es folgte ein langes Schweigen, dann sagte Antonio noch immer mit einer Härte, die weh tun mußte und mir höchst ungerecht schien: »Gut also, bleib. Aber vergiß nie, niemals, daß es dein freier Wille war, und vergiß auch nicht, daß du für eine Sache kämpfst, die nicht die deine ist.«

»Sie ist die meine«, sagte Angelina, und damit war das Gespräch zu Ende.

Heute glaube ich Antonio zu verstehen. Er liebte Angelina, und mit dem Spürsinn der Liebe ahnte er ihr Wesen und darum ihre wirkliche Bestimmung. Angelina aber war treu, und sie war es so unbedingt, daß ihr Antonios Ansinnen ganz und gar unverständlich sein mußte.

Es kam aber eine harte Zeit, und sie war besonders hart für Angelina. In der letzten Woche des Jahres lagen wir zwischen Alatri und Sora in einem gutgebauten alten Stall. Die Zeit war ruhig, und wir erholten uns so gut es ging. In der Neujahrsnacht aber erhob sich ein Schneesturm von solcher Gewalt, daß wir innerhalb weniger Minuten von der Welt abgetrennt waren. Der Sturm deckte das Dach ab, und ein stürzender Baum drückte die Westwand ein. Der Stall füllte sich mit wirbelndem Schnee, und nirgendwo war Schutz. Wir konnten Sender, Funkgerät und Waffen mit nichts als mit unseren Leibern decken. Es wurde immer kälter. Die Italiener unter uns begannen als erste, ihr selbstgewähltes Los zu verwünschen. Es war eine schlimme Nacht. Gegen Morgen machten sich Antonio und ein anderer auf, eine bessere Unterkunft zu suchen. Sie hatten sich Bretter an die Füße gebunden, und so bewegten sie sich wie auf Schiern zu Tal. Antonio hatte uns befohlen, zu bleiben, bis er wiederkäme. Wir halfen alle zusammen, den Stall auszubessern, und damit verging der Tag. Antonio kam nicht, und auch nicht in der Nacht und nicht am folgenden Tag, und da begann der Aufruhr. Einige sagten, die beiden seien gewiß den Deutschen in die Hände gefallen, andere, sie seien im Schnee erfroren, aber es gab auch eine dritte Meinung, die nur noch nicht laut zu werden wagte: Antonio sei der aussichtslosen Lage überdrüssig geworden, und er habe sich davongemacht. Aber noch warteten alle weiter. Als aber auch der dritte Tag verging und zudem die Lebensmittel zu Ende gingen, stand plötzlich einer von den Italienern, Pierino, auf und sagte, es müsse jetzt eine Entscheidung getroffen werden. Er sagte auch, wie diese Entscheidung aussehen würde. Der Partisanenkrieg, so sagte er, sei überflüssig geworden, da in allernächster Zeit die Alliierten landen würden, und unsere Opfer seien vergeblich, Antonio habe uns einen sinnlos hohen Preis bezahlen lassen, und das, was wir erreicht haben, fiele nicht ins Gewicht in diesem Krieg; Antonio habe das selbst gesehen, darum habe er uns verlassen, und wir sollten ebenfalls gehen. Die Leute hörten schweigend zu, aber sie waren zermürbt von Kälte und Hunger, und so schloß sich einer nach dem anderen Pierinos Meinung an. Schon brachen einige auf, und alle fluchten auf Antonio.

Da aber geschah etwas Unvorhergesehenes: Angelina stellte sich vor den Ausgang der Hütte, zog den Karabiner und rief, sie seien allesamt Verräter, und der erste, der ginge, würde von ihr erschossen. Ich dachte, sie würden lachen und ihr den Karabiner wegnehmen, es wäre ein leichtes gewesen. Aber niemand lachte, und niemand nahm ihr die Waffe. Es wurde ganz still. Dann aber schrie Pierino, er würde schießen, wenn sie den Ausgang nicht freigeben würde; und er hob seinen Karabiner.

Ich glaube heute noch nicht, daß er wirklich geschossen hätte, er wollte sie nur erschrecken. Aber in dem Augenblick, in dem er die Waffe hob, fiel ein Schuß, er kam von hinten, und er traf Pierino. Ich wußte nicht, wer geschossen hatte, es wurde auch später nicht davon gesprochen. Heute freilich weiß ich es. Man brachte Pierinos Leiche weg, man rollte sie in die Schlucht, dann gingen alle in die Hütte zurück, und schweigend warteten wir weiter.

Am Abend kam Antonio mit Proviant und Nachrichten. Er fragte nach Pierino, aber alle schwiegen. Später nahm ihn einer beiseite und sagte ihm, was geschehen war. Ich war in diesen Stunden und während der Nacht bei Angelina, und ich weiß, daß Antonio mit ihr nicht über den Vorfall gesprochen hat. Mir schien, er zürnte ihr, statt daß er stolz auf sie war, und das war mir unbegreiflich, denn ohne sie hätte sich an jenem Tag die Gruppe aufgelöst. Heute glaube ich zu wissen, warum er ihre Tat nicht billigen konnte: er wollte nicht, daß sie schuld war am Tod eines Menschen. Er und alle anderen durften töten, Angelina aber durfte es nicht.

Wir stiegen am nächsten Morgen tiefer und konnten ungehindert ins Tal gehen, der Krieg war im Schnee erstickt. Die deutschen Autos waren zu kleinen Hügeln eingeschneit, überall hingen und lagen elektrische Drähte, von den Masten gerissen und unbrauchbar geworden. Wir sahen keine Deutschen, wohl aber kamen uns bald Flüchtlinge auf den schmalen Straßen zwischen Schneewällen entgegen. Am 7. Januar aber kam ein Bombenangriff, und in der Nacht darauf schien der Mond auf die Toten am Wegrand.

Die folgenden Wochen wurden schlimm: Bomber und Tiefflieger griffen unaufhörlich an. Wir halfen in den Dörfern Tote und Verletzte bergen und Trümmer wegräumen. Am 22. Januar erfuhren wir, daß die Alliierten in Anzio gelandet waren, und als Antwort darauf kamen unabsehbare Scharen von Flüchtlingen. Sie wollten nach Rom, alle nach Rom, denn Rom war zur Freien Stadt erklärt. Wir aber zogen südwärts, dem Flüchtlings-

strom entgegen, und am 26. waren wir der neuen Frontlinie so nahe wie nie zuvor.
Und nun, lieber Herr, kommt jener Teil meines Berichtes, den ich Ihnen gerne erspart hätte, weil er Sie leiden machen wird. Aber was könnte es Ihnen helfen, nicht alles und nicht das wirkliche Geschehen zu wissen? So folgen Sie mir denn um aller Liebe willen, die Sie für Angelina aufzubringen vermögen, für Angelina und für die Wahrheit, die größer ist als wir und unsere Wünsche.
Der 26. Januar 1944 war der Tag, der Angelinas Leben mit einem Schlage änderte. An diesem Tage auch wurden wir getrennt. Aber bis zum Augenblick der Trennung war ich bei Angelina.
Der Schnee war geschmolzen, das Wetter trüb, und im Schutze der Dämmerung arbeiteten wir uns in einer schmalen Schlucht langsam aufwärts bis zur halben Höhe eines Berges, der uns bekannt hätte vorkommen müssen, wäre es nicht so dunkel und unsere Erschöpfung nicht so tief gewesen. Auf eben der halben Höhe dieses Berges hatte in einem großen Bauernhof die deutsche Kommandantur Quartier bezogen. Wir waren tags zuvor mit einer anderen Partisanengruppe zusammengetroffen, die Handgranaten hatte. Die Deutschen waren ahnungslos, sie hielten sich für sicher,

und sie schliefen. Die Wachen waren rasch erledigt, und die Unseren warfen die Granaten. Aber wir waren ungenau unterrichtet, denn unterhalb des Hauses, verborgen, lag ein anderes, und von dorther antworteten uns Maschinengewehre. Wir mußten fliehen, man trieb uns aufwärts, und wir fanden endlich Deckung auf dem Bergrücken in einer Ruine. Von dorther schossen wir.
Ich sage ›wir‹, lieber Herr, obgleich ich nicht schoß, doch die anderen schossen, und auch Angelina tat es. Sie stand auf einer Mauer und sie schoß, es war das erstemal, daß sie es tat. Ich weiß nicht, ob sie traf, aber sie sagte später, sie habe es getan; und daß sie getötet hatte, blieb ihr ein Schmerz, der nie mehr schweigen wird.
In jenem Augenblick aber verlor ich sie aus dem Gesicht. Sie war verschwunden, und da wir fliehen mußten, glaubte ich, sie sei vorausgelaufen, aber als wir nach Stunden uns wiederfanden, war Angelina nicht bei uns. Von Antonios Gruppe war sie die einzige, die fehlte. Antonio war außer sich, und obwohl die Deutschen den Berg besetzt hielten, ging er fort, am hellichten Tag, um Angelina zu suchen. Er kam in der Nacht wieder, er hatte sie nicht gefunden. Von diesem Tage an, versuchte er mehrmals, zu dem Berg zurückzu-

kehren, aber schließlich gab er es auf zu hoffen. Er sprach kaum mehr ein Wort, und wir begannen ihn zu fürchten.

Im April wurden wir alle getrennt, ich blieb mit Tommaso und einem anderen aus der Gruppe bei dessen Eltern in der Nähe von Velletri. Eines Tages aber hörte ich, daß Antonio schwer verwundet in der Nähe von Frosinone liege, aber man wußte nichts Genaueres. Mir aber genügte diese Nachricht, um mich aufzuscheuchen, und so ging ich denn fort, Antonio zu suchen. Es war der helle Wahnsinn, mitten in den Krieg hineinzulaufen, aber ich tat es eben und war nicht zu halten. Doch ich fand Antonio nicht, nirgendwo. Statt dessen fand ich Angelina, und das war seltsam genug. Später wunderte ich mich, daß ich nicht sogleich, von Anfang an, gewußt hatte, wo sie sein konnte und sein mußte. Vielleicht hätte ich es wirklich sofort gewußt, wenn uns nicht ein Irrtum unterlaufen wäre: als ich nämlich fragte, wie der Ort hieße, an dem wir Angelina zuletzt gesehen hatten, bekam ich verschiedene Auskünfte, und selbst als der richtige Name fiel, erinnerte ich mich nicht; dies ist begreiflich, wenn man bedenkt, in welch verwirrender Zeit wir lebten. Aber ich fand, was ich finden sollte.

Auf dem Weg nach Frosinone sah ich einen Berg liegen, einen Berg, wie es viele dort gibt, steil aufragend aus der Ebene; auf seinem Rücken aber war keine Stadt mehr wie auf all den übrigen, sondern nur eine Menge Ruinen. Plötzlich erinnerte ich mich, aber ich erinnerte mich keineswegs an jene Nacht, in der wir dort oben uns verschanzt hatten und dabei Angelina verloren, sondern ich erinnerte mich daran, wie Angelina hier unten im Tal gestanden und zitternd die Bombardierung dieser Stadt mit angesehen hatte. Es war gewiß nicht meine Vernunft, die mich antrieb, zu dieser Ruinenstadt hinaufzusteigen, denn was konnte ich dort oben anderes finden als eben Ruinen.

Das Städtchen war völlig tot, und die Bewohner hatten es verlassen. Ich stieg in den Ruinen umher und fand kein Zeichen menschlicher Nähe. Der erste Laut, den ich hörte, war das Gackern von Hühnern hinter einer Mauer. Ich stieg auf diese Mauer und sah in einen Garten hinein, der sichtlich zerstört worden war und den wieder anzulegen jemand begonnen hatte. Ich sah auch jemand arbeiten: es war eine Nonne in einem schwarzen Habit; um den Kopf hatte sie ein weißes Tuch gebunden wie eine Bäuerin. Sie war ganz allein. Als das Rollen von losen Steinen mich verriet, schaute sie auf. Sie schien zunächst nicht erstaunt, daß jemand kam, sie lächelte sogar, aber als sie mich sah, erschrak sie, und dann erschrak auch ich: es war Angelina. Es war ein so unerwartetes Wiedersehen, daß es uns beiden wie ein Trugbild erscheinen mußte.

Angelina faßte sich zuerst, und das ist begreiflich, denn sie fand mich in meiner gewohnten Gestalt. Aber wie sollte ich Angelina wirklich wiedererkennen im Habit einer Nonne? Als sie meinen Namen rief, wagte ich nur mit Scheu, mich ihr zu nähern, aber sie half mir, mich zurechtzufinden. Dies also war Santa Maria del Monte, und der Garten gehörte zu einem Kloster, einer Benediktinerinnenabtei, die wie der ganze Ort zerstört und verlassen worden war. Nur die Kapelle stand noch fast unversehrt und der Chor und die Hälfte des Refektoriums.

Angelina zeigte mir alles. Sie sagte »mein Kloster«, »meine Kapelle«, »mein Garten«, »meine Hühner«. Außer ihr war niemand da, und sie war nun schon drei Monate hier, allein in der toten Stadt, allein in diesem verlassenen Kloster. Dies zu denken war mir fast unmöglich.

Aber dann erzählte sie mir alles, von Anfang an, und ich will es Ihnen, lieber Herr, so erzählen, wie sie es mir erzählt hat, in aller Einfachheit. Ich wollte aber, Sie hätten diesen Bericht so hören können, wie ich ihn damals habe hören dürfen: erzählt mit Angelinas Stimme, die leise war und spröde, die Stimme eines Menschen, der nicht mehr gewohnt ist, sich mitzuteilen, aber auch nicht, sich zu verhüllen. Wir saßen im Klostergarten, zwischen frisch umgegrabenen Beeten, in denen die Hühner scharrten, und über uns flogen die Tiefflieger, und tief unten im Tal rollten Lastwagen und zogen die Flüchtlinge dahin, wir waren mitten im Krieg, und dem Krieg dennoch ganz entrückt, und wir saßen noch an der gleichen Stelle, als es dunkel wurde.

An jenem Tag, an dem wir Angelina verloren geglaubt hatten, war sie, nachdem sie den Schuß abgefeuert hatte, rücklings von einer brüchigen Mauer gestürzt, ziemlich tief, und der nachrollende Schutt hatte sie bedeckt. Dort unten, in einem Kellergewölbe, lag sie, wer weiß wie lange, und war bewußtlos. Als sie zu sich kam, war das Blut, das aus vielen Wunden gesickert war, schon geronnen; es waren keine schlimmen Wunden, aber beide Füße waren verstaucht, und an beiden Beinen waren Sehnen gezerrt oder eingerissen; sie konnte nicht gehen, nur kriechen. Kriechend arbeitete sie sich aus dem Schutt und durch das Kellergewölbe, und dort fand sie eine Zisterne mit klarem Wasser und auch Vorräte, ein wenig Wein und Öl und Mais und Zwiebeln. Sie aß und trank, und dann schlief sie ein, und als sie erwachte, kroch sie weiter und kam in den Garten, da fand sie eine Art Rüben und Spinat, sie hörte einen Hahn krähen, weit weg, und sie dachte, es seien Menschen im Ort und würden sie bald finden. Sie war ganz zuversichtlich, nur müde, und sie ahnte, daß sie eine Gehirnerschütterung hatte, darum verhielt sie sich ganz still und schlief in ihrem Keller soviel sie konnte.

Als sie endlich wieder bei klarerem Bewußtsein war, sah sie, daß es Frühling geworden war. Es mußte Februar sein, der Himmel war blau, der Wind mild und voll von Kräuterduft. Ihre Beine begannen ihr wieder zu gehorchen. Nun fing sie an, das Haus zu erkunden, dessen Keller ihr Asyl geworden war. Sie fand eine Küche mit einem steinernen Herd und Töpfen, und sie fand auch eine Treppe, die aufwärts führte in einen langen Korridor mit vielen Türen auf der einen Seite und mit einer Reihe von leeren Fensterhöhlen auf der anderen, durch die man das weite Tal tief unten sah. Der Gang hatte keine Decke mehr, und die

Türen konnte man nicht öffnen, denn dahinter lag Schutt aufgehäuft. Erst am Ende des Ganges war eine Tür, die sich auftun ließ. Sie führte in einen Raum, der durch Gitterstäbe abgeschlossen war von einem größeren; es waren Chor und Kapelle, und beide hatten noch eine Decke. Sie war mit dicken, vierkantigen Balken abgestützt, die sich vor Alter nach unten bogen, aber stark genug waren, das Dach unversehrt zu tragen. Dieser Raum und die kleine Sakristei waren die einzigen Räume, die bewohnbar waren, und Angelina bewohnte sie. Die Sakristei war ihr Schlafraum. Sie hatte im Paramenten-Schrank einige alte Teppiche gefunden und ein Tuch, dessen Zweck unbestimmt war, und daraus hatte sie sich ein Lager gemacht. Auch gab es eine dicke Wachskerze dort, die nun halb abgebrannt war, das war die Osterkerze gewesen. Bei ihrem Licht hatte Angelina viele Nächte lang in dem einzigen Buch, das sie damals hatte finden können, gelesen, und dieses Buch war ein benediktinisches Brevier. »Ein schönes und aufregendes Buch«, sagte Angelina, ich erinnere mich genau dieser Worte, »du solltest auch darin lesen.« Das sagte sie mit aller Selbstverständlichkeit und bedachte nicht, wie schwer es mir fiel, sie und dies alles hier so mit einem

Schlage oder auch nur ahnungsweise zu begreifen. Jetzt freilich weiß ich, daß sie, indem sie mir keine Erklärungen gab und mich einfach in ihre Welt hineinzog, das Richtige tat. Man sollte die Wahrheit und große Erfahrungen überhaupt nicht zu erklären versuchen, man soll sie leben, dann werden die anderen sie schon eines Tages begreifen.

So bitte ich auch Sie, lieber Herr, zu verstehen, ohne daß ich erkläre. Wie sollte ich auch etwa verständlich machen können, was Angelina erlebt haben muß, als sie damals in der Sakristei eine kleine Büchse mit Hostien fand, von denen sie nicht einmal wußte, ob sie konsekriert waren oder nicht, bei deren Anblick sie Freude empfand und ein anderes, ein unbekanntes Gefühl, das sie zwang, das Gefäß auf den Altar zu stellen und fürderhin nicht mehr zu berühren.

So gehe ich denn weiter in meinem oder vielmehr Angelinas Bericht.

Die Gehirnerschütterung, die sie sich beim Sturz zugezogen hatte, wirkte lange nach, und sie lebte wie im Traum. Sie hörte wohl den Donner der Geschütze und das Knattern der Maschinengewehre von der nun ganz nahen Front, aber sie lebte, als ginge der Krieg sie nichts mehr an. Wenn sie tagsüber im Garten saß, zogen die Tiefflieger so niedrig über sie hin, daß die Piloten Angelina leicht hätten sehen können und vielleicht auch sahen, aber weder sie noch das im Tal vorrückende Heer kümmerte sich um die tote Stadt.

Eines Tages aber kam Angelina völlig zu sich, und es war ein hartes Erwachen: sie fand im Keller einen Karabiner und erkannte ihn als den ihren, und da wußte sie plötzlich wieder, daß sie geschossen und wohl auch getroffen hatte. Dies war ihrem Gedächtnis entglitten, nun aber war ihr die Erinnerung wiedergekehrt, und sie begann, den Toten zu suchen. Sie wußte, in welche Richtung sie gezielt hatte, und wenn sie wirklich getroffen hatte, so mußte der Verwundete, falls er nicht dicht unterhalb der Klostermauer lag, den Berg, der hier fast senkrecht abfiel, hinuntergerollt und in die Talschlucht gestürzt sein. Es schien aussichtslos, ihn zu finden, sie suchte und suchte, und so fand sie ihn denn schließlich, oder vielmehr: sie fand einen toten Deutschen, schon in Verwesung.

Es ist keineswegs sicher, daß es Angelinas Kugel war, die ihn getroffen hatte, und der Verstand sagte ihr, daß er nicht ›ihr‹ Toter sein konnte, denn dieser hier mußte schon viel länger als einige Wochen so liegen. Dennoch fühlte sie sich schuldig in einem Maße, das ihr selbst übertrieben scheinen wollte. Als sie den Toten mit frischen Ölzweigen und mit Steinen bedeckt hatte, setzte sie sich neben den kleinen Hügel und versuchte, sich dieser Bedrückung zu erwehren. Sie sagte sich alles vor, was jeder ihr gesagt hätte, der sie vernünftig hätte trösten wollen, vor allem, daß es ja gar nicht sicher war, ob sie diesen und überhaupt einen getroffen hatte, und daß sie, selbst wenn sie getroffen hatte, nur ihre Pflicht getan, daß sie nach Kriegsrecht und aus Notwehr gehandelt, daß sie getötet hatte um einer großen Idee willen und was dergleichen Argumente sind. Aber keines dieser Worte hatte Kraft. Für jemanden, der mit sich so ganz allein war, wie Angelina es war, gab es keine Ausflucht mehr. Da lag ein Toter, und selbst wenn es nicht ›ihr‹ Toter war, so war sie doch bereit gewesen zu töten, diesen oder einen anderen, und es war gleichgültig, ob sie getroffen hatte oder nicht. Es gab aber das Gebot »Du sollst nicht töten«, und dies galt uneingeschränkt und unter jeder Bedingung.

Als Angelina dies sagte, zitterte sie. Sie tat mir von Herzen leid, und ich versuchte, sie zu beruhigen. »Niemand ist schuldig, der nicht weiß, daß er Verbotenes tut«, sagte ich, aber Angelina rief: »Das ist nicht wahr, das ist ganz und gar nicht wahr. Wenn man es nicht weiß, so liegt die Schuld eben darin, daß man es nicht weiß. Man kann es wissen, jeder kann es wissen, man macht sich nur blind und taub.«

Um sie abzulenken von diesem Bekenntnis, das sie so sehr erregte, fragte ich: »Und dann, was hast du dann getan?«

Ich meinte, sie sollte mir erzählen, wie sie darangegangen war, den Garten zu bebauen, aber sie war noch immer bei ihrem Thema, und so antwortete sie auf meine Frage: »Dann? Dann tat ich einen Schwur: von nun an alle zu lieben und an allen gutzumachen, was ich getan hatte. Darum beschloß ich fortzugehen und eine nützliche Arbeit zu suchen; ich wollte Krankenpflegerin werden und später, wenn Friede sein würde, weiterstudieren und Ärztin in einem Armenviertel werden.«

Ich sagte: »Aber du bist nicht fortgegangen.«

»Nein«, sagte sie, »man ließ mich nicht.«

»Man ließ dich nicht? Aber es war doch niemand da.« Statt einer Antwort zeigte sie, ohne sich umzuschauen, auf das Tor, vor dem wir saßen, und ich sah im Torbogen eingemeißelt eine alte Inschrift, die hieß: »Egredere si potes.« »Geh fort, wenn du kannst.«

Ich verstand nicht, ich konnte ja nicht verstehen.

»Und dies hat dich gehalten?« fragte ich töricht. Angelina lächelte ein wenig. »Der Satz heißt vollständig: ›egredere modo, frater, egredere si potes‹, und das hat eine Schwester zu ihrem Bruder gesagt, als sie ihn gebeten hatte, die Nacht über bei ihr zu bleiben, um mit ihr zu beten, denn sie wußte, daß sie bald sterben würde. Aber der Bruder sagte, er müsse fort, heim in sein Kloster. Da begann die Schwester Gott zu bitten, er möchte einen großen Regen schicken, einen so großen, daß ihr Bruder bei ihr bleiben müsse. Gott schickte diesen Regen, ihr zuliebe, und dann sagte sie: ›Nun geh nur fort, wenn du kannst.‹«
Ich lachte, denn dies schien mir eine hübsche Geschichte von einer klugen Frau, deren List sogar Gott nicht widerstehen konnte. Aber Angelina sagte: »Das war keine List, das war Vertrauen. Es waren heilige Geschwister: Santa Scholastica und San Benedetto.«
Ich verstand aber noch immer nicht, wieso die alte Inschrift die Kraft haben konnte, Angelina zu halten. Und nun kann ich es Ihnen, lieber Herr, nicht ersparen, etwas zu erzählen, was Ihnen als blinder Zufall erscheinen wird. Als Angelina beschlossen hatte, fortzugehen und schon auf der Schwelle stand oder jedenfalls dort, wo unter dem Schutt

die Schwelle sein mußte, fiel ihr plötzlich jenes Gefäß mit Hostien ein, das sie nicht einfach unverwahrt stehenlassen wollte. So kehrte sie in die Kapelle zurück, um dieses Gefäß in einer Mauernische zu verstecken. Als sie es getan hatte, wollte sie endgültig fortgehen. Aber als sie zum zweitenmal auf der Schwelle stand, glitt sie aus, verstauchte sich den ohnehin noch nicht ganz geheilten Fuß und konnte nicht gehen.

An diesem Tag begann sie, wie sie sagte, mit Gott zu sprechen wie mit einem handgreiflich Anwesenden. Sie sagte voller Zorn zu ihm: »Ich bin deinetwegen umgekehrt, um dieses Brot zu retten, von dem du sagst, es sei dein Fleisch. Und zum Dank dafür hast du mich stürzen und den Fuß verstauchen lassen.« Sie sagte ihm auch, daß er sich täusche, wenn er glaube, sie mit Gewalt hier festhalten zu können, und sie ließ es ihn wissen, daß sie nicht an ihn glaube, und dann fing sie an zu fürchten, sie sei wahnsinnig geworden, denn es schien ihr Wahnsinn, mit einem Wesen zu sprechen, das es nicht gab.

Diese Nacht, es war die Nacht, nachdem sie den Toten gefunden hatte, muß fürchterlich für sie gewesen sein. Sie konnte vor Schmerzen nicht schlafen, und um die lange Nacht zu kürzen, begann sie schließlich beim Schein der Osterkerze in dem einzigen Buch zu blättern, das sie damals fand. Es war das Brevier, lateinisch, und sie versuchte zu übersetzen.

Der erste Satz, auf den ihr Blick fiel, hieß: »Zerrissen ist die Schlinge, und ich bin frei.« Dieser Satz war wie ein Pfeil, der traf, und gleich darauf traf sie ein zweiter: in dem Buch stand der Name derer, die einst seine Eigentümerin gewesen war: »Maria Angela zur Profeß am 6. Mai 1823.« Maria Angela waren Angelinas beide Taufnamen, und wenn dies auch wirklich ein Zufall genannt werden kann, so war es doch keiner für Angelina in jener Nacht und ist es heute noch weit weniger. Jetzt steht unter jener älteren Jahreszahl eine neue: 24. Juli 1947. Der Name ist derselbe, denn Angelina durfte den ihren behalten und dieses Brevier dazu. Jene erste Maria Angela ist Äbtissin von Maria del Monte geworden und ihres heiligmäßigen Lebens wegen berühmt. Sie hatte mit ganz kleiner Schrift einen Satz in die rechte untere Ecke der ersten Titelseite geschrieben: »Inveni, quem diligit anima mea.« »Ich fand, den meine Seele liebt.« Der feine Bleistiftstrich unter diesem Satz aber stammt von Angelina; doch sie zog ihn erst später.

In jener Nacht dachte sie nicht daran, irgend etwas zu unterstreichen in dem Brevier, von dem sie sich nichts anderes versprochen hatte als Zeitvertreib und Übung in lateinischer Lektüre und das sich bald als Stein des Anstoßes erwies, als Quelle tiefer Verwirrung, als wohlbewaffneter Gegner und geheimnisvoller Richter. Dieses Buch wagte es, zu sagen: »Des Starken Bogen bricht entzwei, der Schwache wird mit Kraft gegürtet. Wer einst in Fülle aß, muß sich um Brot verdingen; wer hungerte, wird wieder satt. Der Herr macht arm und reich. Der Herr schafft Recht, so weit die Erde reicht.«

Angelina zeigte mir diese Stelle und fragte mich, wie ich sie verstünde. Mir schien, sie sei einfach zu verstehen: der Gott, von dem hier die Rede war, ist auf der Seite der Armen und Unterdrückten; er stürzt die Reichen und verhilft den Armen zu ihrem Recht.

»Ja«, sagte Angelina, »so habe ich es damals auch verstanden; und ich habe gedacht, daß wir, wenn dies so war, auf der Seite Gottes kämpften, und ich habe weiter gedacht, daß das, was von diesem Gott gesagt war, nicht zutrifft, denn wo war er in unserem Kampf? Wenn er wirklich auf unserer Seite wäre, hätte uns der Sieg schon längst zufallen müssen, und die Welt stand ja schon lange genug, daß Gott Zeit gehabt hätte, eine gute Ordnung zu schaffen. Mir schien ganz klar, daß Gott versagt hatte. Aber warum? Entweder war er nicht gerecht und nicht allmächtig, oder aber er wollte sich nicht einmischen in unsere Freiheit, dann stimmte der Psalmvers nicht, oder aber er wollte sich nicht auf unsere Seite stellen, weil unsere Sache nicht die seine und vielleicht eine schlechte war.«

Ich meinte, Angelina habe eine weitere Möglichkeit vergessen, und ich sagte: »Hast du nicht daran gedacht, daß es diesen Gott vielleicht gar nicht gibt?«

»Nein«, sagte sie, »das konnte ich nicht denken. Für mich war er Wirklichkeit geworden; das war er so sehr, daß ich mit ihm redete, als wäre er bei mir, und das war er ja auch. Ich redete mit ihm in einer Art, die reine Gotteslästerung war, ich war zornig gegen ihn und erbittert, ich habe ihm gesagt, er sei ein ungerechter und grausamer Gott, und er brauche sich nicht zu wundern, wenn wir, seine Ebenbilder, ungerecht und grausam seien. Ich habe noch mehr gesagt, Dinge, die ich nicht wiederholen kann. Damals habe ich dies alles nicht einfach gesagt, ich habe es laut hinausgeschrien, daß es in der Kapelle widerhallte, und schließlich hatte ich Angst vor mir selbst und auch vor Gott, den ich so herausgefordert hatte. Aber weißt du, Giulia, ich bin sicher, daß er mich verstanden hat. Es war ihm recht, daß ich so mit ihm gestritten habe. Es war mein erstes wirkliches Gebet. Ich habe ihn zum erstenmal als wirklich existierend erlebt. Er war mein einziger Partner damals, und das, das ist er geblieben.«

Diese letzten Worte sagte sie rasch und leise, und danach hielt sie den Atem an, so bestürzt war sie darüber, daß sie ihr Geheimnis preisgegeben hatte. Gleich darauf sprang sie auf und murmelte, sie müsse die Hühner einsperren. Sie fing die Hennen, sechs oder sieben, und zwei Hähne, so geschickt wie eine Bäuerin und scheuchte sie in einen Bretterverschlag, den sie selbst gemacht hatte. Als sie zurückkam, sagte sie, die Hühner gehörten eigentlich nicht ihr, aber wem sonst, sie habe sie herrenlos im Ort gefunden und sie eingefangen, sie legten viele Eier. Doch während sie so plauderte, war sie noch immer bei jenem Psalmwort, denn schließlich fragte sie unvermittelt: »Glaubst du nicht, daß man den Satz anders verstehen muß?«

»Wie denn?« fragte ich.

Statt einer Antwort las sie mir die Stelle noch einmal vor. »Nun«, sagte sie, »hast du gehört?« Mir waren diese Gedanken unvertraut, auch widerstrebte es mir, daß Angelina so hartnäckig versuchte, mir etwas klarzumachen, was mich nichts anging, und so sagte ich ungeduldig, ich wüßte nicht, wie ich das alles verstehen sollte.
Sie aber antwortete ebenso nachsichtig wie eindringlich: »Hier steht, daß es der Herr ist, der Recht schafft. Der Herr ist es, der die Reichen stürzt und den Armen hilft. Wir aber maßen uns an, das zu tun, was allein Er tun kann. Das ist so klar gesagt, daß man sich wundern muß, wie man es je falsch verstehen konnte.»
Das war mir zuviel. Ich sagte, das hieße also, wir sollten es ihm überlassen, Ordnung zu machen in der Welt, und sollten die Hände in den Schoß legen. Es sei doch aber ganz anders: wenn schon von Gott überhaupt so viel die Rede sein solle, so müsse doch gesagt werden, daß er auf jeden Fall sich unsrer Kraft bediene, um Ordnung zu schaffen.
»Ordnung, Ordnung«, rief Angelina mit ungewohnter Strenge. »Was wir für Ordnung halten, ist vielleicht Unordnung.« Sie wurde gleich wieder sanft, als sie fortfuhr: »Aber ich wollte dir ja

nur erzählen, wie sehr ich mich abquälen mußte mit jenem Buch, welches damals das einzige war in diesem Haus und diesem ganzen Ort und in dem viele derart aufregende Sätze stehen. Aber es stehen auch andere darin, tröstliche, schöne, süße.«

Ich wollte nichts mehr hören von alledem, und um sie abzulenken, wagte ich es, sie an einer Stelle zu treffen, die vielleicht eine Wunde war. Ich sagte: »Ich bin in diese Gegend gekommen, weil man mir gesagt hat, hier irgendwo liege Antonio; ich wollte ihn suchen.« Ich sah, wie Angelina bleich wurde, und es tat mir leid, daß ich sie so erschreckt hatte. »Er ist nicht tot«, sagte ich, »er ist verwundet, und er soll hier irgendwo in einem Hospital liegen. Aber ich habe ihn bis jetzt noch nicht gefunden.« Sie erwiderte kein Wort. Da sagte ich: »Willst du nicht mitgehen und mir helfen, ihn zu suchen?« Sie sagte wiederum nichts, sie schüttelte nur sanft den Kopf, es war kaum zu merken, und dann schaute sie mich an mit ihren ernsten, klaren Augen, daß ich hätte begreifen können, wie töricht meine Frage gewesen war. Aber ich begriff nur ahnungsweise, und darum konnte ich weiterfragen: »So hast du ihn also ganz verlassen?«

Sie wandte sich von mir ab und schaute geradeaus,

nirgendwohin, aber ich sah, wie ihr Gesicht steinern wurde und wie sie ihre Hände aufeinanderpreßte, daß sie weiß wurden und steif. Ich wagte nichts mehr zu sagen. Vom Tal her kam der Lärm des Krieges, gedämpft und nicht anders als vorher, aber plötzlich schien er lauter geworden zu sein; der Friede des Klostergartens war gestört, der Wind erhob sich und verscheuchte die Bienen und ihre leise, vertraute Musik, es wurde kühl.
Aber Angelina faßte sich bald. Das war es, was ich immer schon an ihr bewundert hatte: sie konnte sich ganz unabhängig machen von sich selber, wenn man so sagen kann. Obgleich sie noch blaß war, sagte sie freundlich: »Frierst du? Gehen wir hinein?« Ich fror, aber gegen diese Kälte konnte nichts helfen, ich fror um Angelinas Entscheidung willen. »Bleiben wir hier«, sagte ich. Angelina band sich ein schwarzes Tuch ab, das sie zweifach um die Schultern geschlungen und unterhalb der Brust verknotet hatte; es war das Skapulier, das sie, in Unkenntnis seines Gebrauchs, derart behandelt hatte. Auch ich wußte nicht, was es war, als Angelina es mir umlegte, damit es mich ein wenig wärmen sollte. Ich wollte fragen, warum sie das Habit trage und ob dies etwas bedeute, aber ich wagte keine Frage mehr.

Doch sie sagte von selbst: »Dies ist mein einziges Kleid. Das alte ist ganz und gar zerrissen. Ich habe dieses da gefunden, als ich anfing, ein wenig Ordnung zu schaffen in den Zellen. Ich will nämlich eine Zelle, die noch halbwegs unter Dach liegt, bewohnbar machen, und als ich den Schutt wegräumte, fand ich einen zertrümmerten Schrank und in ihm dieses Kleid und auch Wäsche und einiges andere, was eben eine Nonne wohl haben darf. Ich glaube, ich werde noch mehr finden, nach und nach. Mir scheint, die Nonnen sind Hals über Kopf geflohen, sie haben nur das Allernötigste mitgenommen. Wenn du mir helfen wolltest, hier zu graben…« Sie unterbrach sich selbst. »Aber das ist ja unsinnig von mir, dies zu sagen. Du wirst natürlich nicht hierbleiben wollen in diesem Trümmernest.«
Ich wollte es wirklich nicht, und ich glaubte auch nicht, daß Angelina bleiben würde, aber ich sagte nur: »Ein paar Tage werde ich bleiben, wenn du mich haben willst.« Ich war dessen nicht so sicher, daß sie mich dabehalten wollte; ich fühlte mich als Eindringling, ich störte Angelinas schöne und harte Einsamkeit. Später hat sie mir auch gestanden, daß sie gewünscht hat, ich möchte bald wieder gehen, denn ich behinderte sie in dem Zwiege-

spräch, das sie ohne Unterbrechung führte mit dem, den sie ihren einzigen wirklichen Partner nannte. Aber damals eben begann Angelinas Klosterleben. Im Kloster nämlich ist man kaum je allein und frei, und das ist schwer, das ist das Schwerste für einen so einsamen Menschen wie Angelina. Niemand außer mir weiß, wie sehr sie litt und noch immer leidet, weil sie in der Gemeinschaft leben muß. Je mehr sie leidet, desto freundlicher ist sie, und je freundlicher sie ist, desto selbstverständlicher nimmt man sie in Anspruch, und je mehr man sie liebt, desto mehr quält man sie. Genauso war es damals, als ich sie störte und dennoch blieb, weil sie so gut zu mir war. Ich wurde ihre erste Novizin, aber das wußte damals weder sie noch ich. Und wenn Sie, lieber Herr, jetzt denken, daß es unbegreiflich ist, wie Angelina zugleich leiden kann und doch nicht fortgehen will, so kann ich Ihnen nur sagen: es ist ihre freie Entscheidung, und niemand soll versuchen, dieses ihr Geheimnis anzurühren. Sie ist nämlich dennoch glücklich.

Als wir an jenem ersten Abend in unserem Gespräch so weit gekommen waren, erschien plötzlich oben auf der Mauer, an der Stelle, an der auch ich eingestiegen war, lautlos ein Kind, ein ragazzo von vielleicht elf Jahren. Angelina lächelte ihm zu, so wie sie einige Stunden vorher versehentlich mir zugelächelt hatte.

»Komm nur«, rief Angelina, und er sprang wie eine Katze herunter, ohne dabei etwas aus seinem offenen Korb zu verlieren.

»Wer ist die da, Suora?« fragte er mißtrauisch, als er mich sah.

Als Angelina sagte: »Dies ist eine von den Unseren«, war ich gänzlich verwirrt. Sie sah es und sie sagte: »Laß nur. Dies da ist Francesco; er nennt mich Suora, weil ich dieses Gewand anhabe, aber er weiß schon, wer ich bin; Francesco ist der jüngste Bruder von Alfonso, wenn du dich erinnerst; es war der, der Pierino erschossen hat.« Sie sagte es ganz selbstverständlich, so, als wären wir noch miteinander in der Gruppe und sprächen von dem, was uns gleicherweise brennend anging.

In diesem Augenblick begann ich zu hoffen, sie möchte doch noch zu uns zurückfinden, und diese Hoffnung wurde stärker noch, als sie sich von Francesco die neuesten Kriegsnachrichten erzählen ließ und tief enttäuscht war, daß der Krieg keinen merklichen Fortgang nahm. Es war Ende April, die Deutschen hielten die Front im Süd-

westen, und es schien, als würden sie sie noch wer weiß wie lange halten.
Francesco war seit vielen Wochen das einzige Menschenwesen, das ihr begegnete. Der Kleine lebte unten im Tal. Seitdem er, als seine Ziegen sich auf den Berg verirrt hatten, mit Angelina Freundschaft geschlossen hatte, kam er jede Woche zwei- oder dreimal, brachte Brot und Käse und Nachrichten und bekam dafür Eier von Angelinas Hühnern. Viel später hat mir Angelina gesagt, daß sie von ihm auch die erste Nachricht über Antonios Verwundung hatte. Wie sehr habe ich sie in Versuchung geführt, als ich sie, nachdem sie schon einmal stark geblieben war, so sehr drängte, Antonio zu suchen! Aber dies war nicht die letzte und nicht die härteste Prüfung.
Als Francesco gegangen war, bat ich Angelina, fortzufahren mit ihrem Bericht. Aber sie hatte sich nun wohl verboten, noch mehr von ihrem Geheimnis preiszugeben, und so erzählte sie, wie sie sich hier eingerichtet hatte.
Eines Tages hatte sie unter den Trümmern eines Nebenbaues Gartenwerkzeug und ein Kästchen mit Samen gefunden, und sie begann zu graben und zu säen. Die Samen waren in Stoffsäckchen und trugen keine Aufschrift, und so wußte sie

nicht, was aus dem werden würde, was sie in die Erde legte.

Sie zeigte mir die Beete, die nun grün waren und deutlich erkennen ließen, was aus jenen Samen geworden war. »Wir hätten genug zu essen, beide, wenn du hierbleiben würdest«, sagte sie, aber als ich nicht antwortete, sprach sie sogleich von etwas anderem, das harmlos schien, doch führte sie offenbar jeder Gedanke, gleich welcher Art, unversehens zu ihrem einzigen großen Thema zurück.

Sie begann damit, zu erzählen, was sie damals an den Abenden tat. Die Tage wurden länger, die Abende wärmer, und ihr Schlafverlangen nahm ab, sie war gesund geworden. Wenn sie ihr Tagewerk im Garten getan und sich ihre einzige warme Mahlzeit bereitet hatte, setzte sie sich an eines der leeren Fenster im Klostergang und las. Sie las immer nur in dem einen einzigen Buch, sie las Psalm um Psalm; vielleicht hat niemals jemand von den Kindern San Benedettos das Brevier mit derartig heftiger Teilnahme gelesen, wie sie es tat, die sich damit zermarterte und sich nicht eingestehen wollte, wie hingerissen sie war von dieser fremden großen Welt.

Und damit waren wir wieder bei dem, was allein

sie wirklich beschäftigte. »Damals«, sagte sie, »fand ich auch die Fluchpsalmen. Sie sind schrecklich. Der eine beginnt so schön und traurig ›An Babels Flüssen saßen wir und weinten‹, und er endet mit dem Fluch auf die Edomiter, ›Gesegnet sei, wer deine Kindlein packt und sie am Fels zerschmettert.‹ Niemals, selbst damals nicht, als die Faschisten meinen Vater abführten, habe ich einem von ihnen so Furchtbares gewünscht. Vielleicht muß man sie aber ganz anders deuten. Ich verstehe das ja alles noch kaum.«
Ich wagte einzuwenden: »Aber das ist doch aus dem Alten Testament. Da galt ja Rache noch gleich Gerechtigkeit und war gut und erlaubt.«
»Ja«, sagte sie, »aber die Benediktiner und vielleicht alle katholischen Priester lesen dies jetzt, jetzt, in der Zeit, in der das Gebot der Liebe gilt.«
»Ach«, sagte ich, für die dies Wasser auf die Mühle war, »wir wissen doch, daß dieses Gebot nur mehr eine ganz kleine Rolle spielt in der Kirche. Seit die Kirche sich in die Politik gemischt hat, hat sie auch gelernt zu hassen und den Feinden zu fluchen und die Waffen zu segnen, mit denen die Väter der Kinder aus dem Gegenlager getötet werden.«

Angelina schwieg, aber ihr Gesicht zeigte einen Ausdruck von Schmerz, als hätte ich sie tief verletzt. Trotzdem sagte ich: »Nun, ist es nicht wahr? Mein Vater hat immer gesagt, er würde sofort Christ, wenn die Kirche so wäre, wie Christus sie gedacht hatte.«

Ich sagte es so herausfordernd, daß Angelina antworten mußte. Sie sagte leise: »Es scheint, als hättest du recht.«

Dieses ›es scheint‹ bestürzte mich mehr, als es ein Widerspruch hätte tun können. Es zeigte mir, daß Angelina jene mir mißliebig gewordene Welt bereits als die ihre betrachtete. Sie litt, weil diese Welt nicht so war, wie sie sein sollte. Sie litt aus Liebe, und noch ertrug sie es nicht, daß man mit dem Finger auf die Armseligkeit des von ihr Geliebten deutete.

Später, als ihre Liebe auch die meine geworden war, wenn ich auch nicht so glühend liebte wie sie, sprachen wir oft über diese schwere Frage, und Angelina lehrte mich verstehen, daß die Schwäche der Kirche die große Prüfung unserer Glaubenskraft und Treue ist und daß diese Schwäche ihr auferlegt sei, damit immer von neuem erkannt werden könne, daß ihr Bestehen über zwei Jahrtausende nicht ihr eigenes Verdienst sei, sondern

Gnade, und so war es im Heilsplan vorgezeichnet von je.
Das aber wußten wir an jenem Abend nicht, doch Angelina nahm, wie ich glaube, alles voraus, als sie sagte: »Christus ist auch gekreuzigt worden und hatte nichts in der Welt erreicht, als er starb.«
Mir war dies alles unvertraut, und ich fühlte mich unbehaglich bei solchen Gesprächen. Ich schämte mich ein wenig für Angelina, daß sie sich mit derlei Fragen abgab, die, wie mir schien, keine Wirklichkeit besaßen. Mir kam sogar der Verdacht, als sei Angelina von jenem Sturz in den Keller ein Schaden im Gehirn zurückgeblieben. Das dachte ich besonders, als sie mir erzählte, wie sie eines Tages angefangen habe, die Stundengebete laut zu beten und zu singen. Sie hatte beim Schutträumen eine Anleitung zum Singen der Psalmen gefunden, mit Noten, und sie hatte viel Zeit darauf verwandt, diese Noten zu erlernen. Aber es waren Choralnoten und schwer zu lernen für jemanden, der sie nie erklärt bekommen hatte. Das merkten wir einige Monate später, als wir hörten, wie man sie richtig sang. Es kostete Angelina große Mühe, die Fehler, die sie sich allzu gut eingeprägt hatte, wieder zu verlernen.

An jenem ersten Abend erzählte sie mir, daß sie eines Tages ein weiteres kleines Buch gefunden habe, zerfetzt, stockfleckig und unvollständig. Sie trug es in der Tasche und zeigte es mir: ›Regula Sancti Benedicti‹. Ich blätterte darin und las einiges, und es erschien mir trocken, langweilig und unbedeutend. Ich gab es ihr zurück. Sie schaute mich erwartungsvoll an, aber was sollte ich ihr sagen, ich verstand nichts davon. Da lächelte sie ein wenig, und dann steckte sie das Büchlein wieder ein, zärtlich und sorgfältig, als wäre es eine Kostbarkeit, und sagte: »Es ist so wunderbar vernünftig.« Ich konnte das nicht finden, und ich war froh, als der Lärm von Flugzeugen über unseren Köpfen so stark wurde, daß wir für eine Weile unser eigenes Wort nicht mehr verstehen konnten. Als wieder Stille war und ich hoffte, Angelina sei durch die Flugzeuge von ihrem Thema abgelenkt, sagte sie: »Erinnerst du dich, wie wir einmal als Kinder mit der Nonna und deiner Mutter in Assisi waren? Da gab es ein ganz kleines Kloster, armselig, außerhalb des Ortes, da waren Klosterfrauen, wir hörten sie singen oder beten, ich weiß nicht mehr. Du und ich, wir waren im Klosterhof, da saßen wir auf dem Pflaster, und weiße Tauben waren da und Bäume mit großen Blättern, die rauschten im Wind, und wir hörten die Klosterfrauen beten. Weißt du noch?«

Ich wußte es noch; das Kloster war San Damiano, ich erinnerte mich jetzt auch, daß Angelina regungslos dagesessen hatte, mit gefalteten Händen, und daß sie, von der Nonna gerufen, nicht kommen wollte und weinte, als man sie mit Gewalt fortführte. Ich wußte das, aber ich sagte es Angelina nicht. Ich sagte, wir seien in mehreren Klöstern rund um Perugia gewesen. Aber Angelina hörte kaum auf mich.

Sie sagte: »Damals habe ich die Nonna gefragt, ob die Klosterfrauen den ganzen Tag beteten, und sie hat gesagt, sie hätten bestimmte Zeiten für ihre Gebete. Hier in dem kleinen Buch steht, daß sie siebenmal am Tag beten und einmal nachts. Aber ich weiß nicht, zu welchen Stunden.«

Ich sagte: »Wozu brauchst du das denn zu wissen? Du bist doch keine Klosterfrau, auch wenn dein Kleid es mich glauben machen will.«

»Nein«, sagte sie, »ich bin keine Klosterfrau. Aber wenn ich den Tag nach den Stundengebeten einteile, hat er seine bestimmte Ordnung.«

Ich meinte, diese Ordnung käme doch auch auf andere, auf natürlichere Weise zustande; wofür habe man eine Uhr oder, da Angelina keine mehr hatte, die Sonne und ihren Lauf. Aber Angelina lächelte. »Das ist eine andere Ordnung«, sagte sie und wollte es dabei bewenden lassen. Aber ich drängte weiter, obwohl es mir im Grunde gleichgültig sein konnte: »Sag mir doch, wie es kam, daß du anfingst, diese Stundengebete zu beten.«

»Ich fing eben an«, antwortete sie. »Es war wie ein Spiel, ein ernsthaftes Spiel mit festen Regeln. Ich habe immer schon gern in einer festen Ordnung gelebt, aber ich habe sie mir immer selber schaffen müssen.«

»Ein Spiel«, sagte ich, »ein Spiel und ein Abenteuer. Und wenn du genug gespielt hast, und wenn das Abenteuer keinen Reiz mehr hat?« Sie schaute mich nachsichtig an, ohne zu antworten.

Dieses Spiel war längst kein Spiel mehr, und ich begriff, daß alles noch viel tiefer und schwerer war, als Angelina mich wissen ließ, und ich rief entsetzt: »Du lebst also wirklich wie eine Klosterfrau? Du, Angelina? Was ist denn über dich gekommen? Du bist behext von diesem Ort, irgend etwas ist hier, was dich eingesponnen hat, du lebst ja wie in einem Bann, du bist nicht mehr du selbst, du mußt fort von hier, schnell, so schnell es geht.«

Ich war vor Angst und Erregung aufgesprungen, aber Angelina zog mich sanft auf den Stein zurück, der unser Sitzplatz war. »Du hast recht«, sagte sie, »ich bin nicht mehr, die ich war. Aber meinst du nicht, daß ich vorher nicht ich selbst war und daß ich jetzt erst ich selbst bin und klar und vernünftig?«

»Vernünftig!« rief ich. »Das nennst du vernünftig: in einer Klosterruine sitzen ganz allein, lateinische Chorgebete singen, Garten ausjäten und verrückte Gespräche mit einem Wesen führen, das nicht da ist! Vernünftig! Wenn du vernünftig wärst, so kämst du jetzt mit mir und würdest eine wirklich vernünftige Arbeit tun, eine, die anderen Menschen nützt. Es gäbe viel zu tun da unten im Tal.«

Ich sah, daß ich sie getroffen hatte, aber sie antwortete ruhig: »Das sage ich mir jeden Tag. Aber...« Sie deutete wieder, wie schon einmal, auf die alte Torinschrift.

Ich gab es auf, mit ihr zu streiten. »Gut also«, sagte ich, »du hast den Garten bebaut und angefangen, aus einer Zelle den Schutt herauszuräumen, und was wirst du jetzt weiterhin tun?«

»Ach«, sagte sie, »das wird sich geben. Ich habe bei Antonio gehorchen gelernt.«

»Hier aber befiehlt dir doch niemand«, rief ich, und plötzlich hatte ich das Gefühl, Angelina habe wirklich den Verstand verloren.

Aber sie antwortete ganz klar: »Wem hast du denn gehorcht, als du diesen Berg unter vielen anderen dir ausgesucht hast, um hinaufzusteigen? Und wem haben wir gehorcht, als wir damals fortgingen, einfach immer weitergingen, bis wir in Rom waren?«

Ich zeigte mich geschlagen, aber ich tat es nur, um endlich von diesen Gesprächen wegzukommen. Diesmal gelang es mir, und der Rest des Abends wurde voller Frieden. Wir aßen, was Francesco gebracht hatte: Brot und Käse, und Angelina hatte auch noch ein wenig Wein, er war zwar ziemlich sauer, aber wir waren froh, überhaupt Wein zu haben. Wir saßen bis spät in die Nacht hinein im Freien. Dann führte mich Angelina in die Sakristei, die ihre Schlafkammer war. Es roch dort stikkig nach altem Mauerwerk und nach Mäusen, aber Angelina war daran gewöhnt. Ich sollte auf Angelinas Lager schlafen.

»Und du?« fragte ich, »wo schläfst du?« Es waren aber keine Decken mehr da, nichts, um darauf zu liegen. Vor dem Altar in der Kapelle war ein dikker Teppich. »Nehmen wir den«, sagte ich.

»Den?« antwortete Angelina bestürzt. »Aber wir können doch vom Altar nichts wegnehmen.«
»Aber warum nicht? Wenn uns doch friert! Und überhaupt ist das doch kein Altar mehr.« Ich stieg die Stufen hinauf. Natürlich war der geweihte Altarstein fort. »Siehst du«, sagte ich, »deine Nonnen haben den Stein mitgenommen, ohne den ein Altar kein Altar ist, soviel weiß ich wohl noch.« Angelinas Bestürzung und tiefe Enttäuschung ließen mich bereuen, dies gesagt zu haben, aber es war nun geschehen, und ich hatte die nüchterne Wahrheit gesagt.
»Ja dann«, flüsterte Angelina, »dann können wir den Teppich ja nehmen.« Während sie ihn zusammenrollte, sagte sie etwas, aber ich verstand es nicht.
»Was sagst du?« fragte ich.
»Ach, nichts Besonderes«, antwortete sie verlegen, und mit einiger Anstrengung fügte sie hinzu: »Ich habe nur um Entschuldigung gebeten.«
»Wen hast du gebeten?« fragte ich erstaunt, aber da begriff ich schon. Mir wurde unbehaglich bei dieser Art von Verkehr mit dem, an den ich zwar auch glaubte, aber mit dem ich niemals sprach. Schließlich hatten wir beide unser Lager, und ich schlief fast augenblicklich ein.

Einige Zeit später weckte mich Angelina. Man konnte von weit her etwas hören, was an das Einschlagen von Granaten in Fels erinnerte; es war ein schneidendes Krachen, das niemand vergessen kann, der es einmal gehört hat. Wir standen auf und sahen, daß die Gegend südöstlich von Maria del Monte erhellt war wie von lang anhaltenden Blitzen. Es waren Leuchtkugeln, unzählig viele, und wir konnten deutlich sehen, daß sie einem hohen, steilen Berg galten, der, durch einen merklichen Einschnitt, von dem hinter ihm liegenden Bergzug getrennt, ins Tal vorgeschoben war.

»Das kann nur Monte Cassino sein«, sagte Angelina. Ihre Stimme war voller Entsetzen. Ich hatte Monte Cassino nur auf Bildern gesehen. Ich wußte, daß das mächtige uralte Bauwerk auf einem hohen und steilen Berge lag, der, wenn er gut besetzt war, uneinnehmbar sein mußte. Jetzt aber, mit solcher Gewalt aus der Luft angegriffen, war er nahezu wehrlos ausgeliefert. Warum aber wurde das Kloster angegriffen, und wer war es, der angriff? Dem Motorengeräusch und der Kriegslage nach konnten es nur die Alliierten sein. Undenkbar, daß sie das Kloster angriffen, nur um es zu zerstören. Es gab eine einzige Erklärung: im

Kloster lag deutsches Militär. Angelina widersprach; sie hielt es für unmöglich, daß ein italienisches Kloster deutsches Militär aufgenommen haben sollte. Aber wenn man den Abt dazu gezwungen hatte? Wenn die Mönche ihren Widerstand bereits mit dem Tod bezahlt hatten?

Wer konnte damals wissen, wie nahe Angelina der Wahrheit kam, als sie sagte, dieser Angriff geschehe entweder aus einem Irrtum oder aus Verrat. »Wenn Deutsche im Kloster wären«, sagte Angelina, »so hätten sie Abwehrkanonen, und wir könnten die Geschützspuren sehen und das Schießen hören.«

Wir aber sahen und hörten keine Antwort. Monte Cassino schwieg. Es ließ sich zerstören. Dies mitzuerleben war unerträglich.

Angelina sah, daß es mich krank machte.

»Geh schlafen«, sagte sie mitleidig.

»Und du?« fragte ich.

»Geh nur«, sagte sie, »ich komme später.«

Aber ich lag lange wach, und sie kam nicht, und als ich schließlich in der Morgendämmerung aufstand, um nach ihr zu schauen, fand ich sie im Klostergang auf den Knien liegen, die Augen unverwandt auf den heiligen Berg gerichtet. Sie hörte mich nicht.

Wenn sie in jenen Stunden Gott um Hilfe für Monte Cassino bestürmt hatte, so blieb ihr Gebet ganz und gar unerhört. Der Kriegslärm schwieg von dieser Nacht an nicht mehr. Cassino war Brennpunkt der Front geworden. Wenn auch im Kloster keine Deutschen gewesen waren, so waren der Berg und das ganze Land rings um den Berg bald voll von Deutschen, die erbittert kämpften. Es war uns klar, daß die Alliierten von ihrem Landekopf aus den ganzen Süden abgeriegelt hatten und daß Cassino die letzte Schranke war, die sie davon abhielt, rasch gegen Rom vorzustoßen. Sobald Cassino gefallen sein würde, wäre der Krieg entschieden. Doch Cassino fiel nicht. Tag um Tag, Nacht um Nacht warteten wir.

Angelina hatte aufgehört, im Garten zu arbeiten. Sie war kaum dazu zu bewegen, etwas zu essen. In der Nacht wachten wir abwechselnd, so wie man am Bett eines unheilbar Kranken wacht, dessen Tod man mit Schmerzen fürchtet und dem man doch kein besseres Geschick erbitten kann als eben diesen Tod. Wir mußten den Alliierten den großen Sieg wünschen, und also mußten wir ihnen auch den Sieg über Monte Cassino wünschen. Aber wie konnten wir die Zerstörung dieses Klosters wünschen? Für Angelina war es damals schon das Kloster San Benedettos, Heimat, heiliger Boden, und für mich wie für alle Italiener, ob fromm oder nicht, war es eine Stätte der großen Überlieferung, der unser Stolz galt. Einmal fragte mich Angelina, ob ich auch jetzt noch wünschte, auf seiten der Alliierten zu kämpfen.

Der Mai war heiß. Die verletzten und angekohlten Akazien hatten neu ausgetrieben, und sie blühten, wie sie immer geblüht hatten, im Krieg und im Frieden, mit schwerem süßem Duft, der müde machte. Ich wurde von Tag zu Tag trauriger, ohne genau zu wissen, warum.

Angelina sah es, und schließlich sagte sie: »Geh fort; du wirst dieses Leben hier nicht länger ertragen.«

»Geh mit«, sagte ich, aber sie schüttelte mit sanfter Entschlossenheit den Kopf. Diese ihre stille Beharrlichkeit machte mich zornig. »Was willst du denn hier?« fragte ich. »Du kannst doch nicht immer hierbleiben.«

»Warum nicht?: sagte sie ernsthaft.

»Warum nicht?« rief ich und schickte mich an, meine höchste Karte auszuspielen: »Weißt du nicht mehr, was du zu den Nonnen in jenem Kloster bei Rieti gesagt hast? Weißt du nicht mehr, daß du sie feig genannt hast und fahnenflüchtig und nutzlos lebend?«

»Ja«, antwortete sie in aller Einfachheit, »ich weiß.«

»Nun?« fragte ich gereizt.

»Damals habe ich nicht gewußt, was ich heute weiß«, sagte sie.

»Und was ist das, was du heute zu wissen glaubst?«

»Ach«, sagte sie mit einem kleinen Lächeln, das mich beschämte, »es ist gar nichts besonders Großes. Es ist nur dies, daß ...« Sie brach wieder ab, offenbar unfähig, das in Worte zu fassen, was ihr Herz zum Zerspringen füllte. Dann sagte sie rasch und wie beiläufig, als ob sie scherzte: »Es ist nur die Geschichte vom Magnetberg.«

»Von welchem Magnetberg?«

Aus Tausendundeiner Nacht, du weißt doch: Ein Berg, der ein Magnet ist und alles an sich zieht, was Eisen ist. Alle Schiffe, die in seine Nähe kommen, sind an ihn verloren.«

Jetzt erinnerte ich mich. »Ja«, sagte ich, »sie sind tatsächlich verloren. Sie zerschellen nämlich an dem Berg.«

»Ja«, sagte Angelina, sonst nichts.

Alle Gespräche mit ihr hatten jetzt einen ähnlichen

Schluß. Ich hatte das Bewußtsein, die vernünftigen Argumente seien immer auf meiner Seite; und doch behielt Angelina recht, so wenig recht sie auch zu haben schien und so wenig sie darauf ausging, recht zu behalten. Sie gab vielmehr mit beinahe einfältiger Sanftmut nach, und da auch ich von Natur aus nicht streitsüchtig und nicht zu Diskussionen begabt war, blieben fast alle unsere Gespräche in der Luft hängen, scheinbar leicht wie Spinnfäden und zu nichts verpflichtend.
Aber ich habe vergessen, lieber Herr, daß ich nicht für mich, sondern für Sie schreibe; ich habe mich an meine Erinnerungen verloren.
Drei Wochen mußten wir dem Todeskampf Monte Cassinos zusehen. Am 21. Mai aber wurde es still um den heiligen Berg, und am 22. kam unser zuverlässiger kleiner Berichterstatter Francesco mit der erlösenden Nachricht: Cassino ist gefallen. Die Alliierten hatten gesiegt, und das Kloster war bis auf die Grundmauern zerstört.
Angelina sagte kein Wort. Sie ging hinweg, und ich sah sie erst am Abend wieder. Sie sagte nichts mehr als dies: »Wen meine ich jetzt, wenn ich in der Vesper bete ›Wenn du doch töten wolltest, Gott, die Frevler‹?«
In der letzten Maiwoche sahen wir, wie die Ebene

von Latium sich mit der großen Wirrnis füllte: mit eilig nordwärts ziehenden Deutschen, mit Alliierten, die ihnen auf dem Fuße folgten und mit Flüchtlingen, die nicht wußten, wohin sie wollten. Einige Tage lang mußten wir fürchten, daß die Deutschen auf den Gedanken kommen würden, sich auf unserem Berg zu verschanzen und von hier aus die Via Casilina zu beschießen. Aber sie hatten wohl keine Zeit mehr dazu.
Lange Zeit waren wir ohne jede Nachricht, denn Francesco blieb aus. Wir wußten nichts weiter als das, was wir sahen, und wir hatten Angst um Rom, denn nun, da Cassino gefallen war, würde Rom an die Reihe kommen. Eines Abends aber war Francesco wieder da, atemlos und zum Bersten voll von seiner wichtigen Nachricht: die Deutschen hatten versucht, mit den römischen Kommunisten zu verhandeln, sie wollten eine offizielle kommunistische Republik gründen.
Wir fragten uns, was das zu bedeuten habe. Ich konnte es überhaupt nicht glauben. Angelina aber fand eine Erklärung: die Deutschen wußten, daß der Einmarsch der Alliierten in Rom unaufhaltsam war. Aber das Rom, das diese als Sieger betreten würden, sollte nichts mehr sein als ein Schutthaufen. Die Deutschen selbst wagten nicht, Rom

zu zerstören. Rom vernichtet zu haben, wäre ein Schandmal, das, solange es Geschichte gibt, nie mehr abzuwaschen wäre. Wenn aber andere das Zerstören übernehmen würden? Man mußte jemanden finden, den man so provozieren konnte, daß er es tat. Der Plan schien teuflisch gut: wenn Italien eine kommunistische Regierung bekäme, gäbe es ohne Zweifel eine Revolution. In der großen Wirrnis, die entstünde, könnten die Deutschen, versteckt hinter der offiziellen Regierung, oder unter Vorgabe, Rom gegen die Kommunisten schützen zu müssen, die Stadt zerstören und die Schuld also den Kommunisten zuschieben. Alle Welt wäre entsetzt. Die Alliierten fänden eine vernichtete Stadt, die Kommunisten aber trügen für alle Zeit den Makel der unsühnbaren Barbarei.
Ich konnte nicht glauben, daß irgendein Volk der Erde heute wagen würde, Rom zu zerstören. Angelina aber sagte, die Deutschen wären in ihrer Verzweiflung jetzt wohl dazu fähig, und es wäre ja auch nicht das erstemal, daß Rom zerstört würde. Ich weiß nicht, ob jene Verhandlungen, die tatsächlich geführt worden sind, wirklich einem so bösartigen Gedankengang entsprangen. Wir aber waren an jenem Abend außer uns vor Angst und

Empörung. Ich war es so sehr, daß ich etwas sagte, was ich wirklich nicht hatte sagen wollen, obgleich es nahelag.

Ich sagte: »Wenn doch Antonio bei den Unseren in Rom wäre!«

Dies entfuhr mir so. Ich wollte Angelina keinen Schmerz bereiten, aber ich mußte sehen, daß ich es dennoch getan hatte.

Ihre Stimme klang, als würgte jemand ihren Hals, und sie bekäme keine Luft mehr. Aber sie sagte trotzdem tapfer: »Er wird Verbindung haben mit seinen Leuten. Wenn dieser Plan zerschlagen werden kann, so wird Antonio es tun.« Es war zum erstenmal, daß sie diesen Namen wieder aussprach.

Ich schöpfte Hoffnung und wagte zu sagen: »Müßten wir nicht jetzt bei den Unseren sein? Wenn mein Vater wüßte, daß ich hier in einem Kloster sitze und friedlich Gartenbeete hacke, statt...« Angelina unterbrach mich: »Statt was zu tun? Was willst du denn tun jetzt in Rom?«

»Dabeisein!« rief ich.

Angelina sagte still und einfach: »Dann geh.«

Ich sagte: »Ja, ich werde es tun. Und du? Du kannst bleiben? Dich treibt es nicht fort?«

Sie schüttelte den Kopf.

Ich sagte herausfordernd: »Du bist eben doch keine Italienerin. Es ist nicht dein Land, nicht dein Rom.«
Angelina schaute mich an, und ich sah zornige Funken in ihren Augen. Aber diese Funken erloschen wieder, und sie sagte nur: »Was weißt du denn!« Sie wandte sich ab, um wegzugehen, aber sie ging nur drei Schritte, dann kam sie zurück und fragte, ohne mich anzusehen: »Weißt du, was am 25. März geschehen ist in Rom?«
Wie sollte ich das nicht wissen! Welcher Italiener würde dieses Datum und diese Zahlen je vergessen: dreihundert Italiener für dreißig Deutsche. Dreißig Deutsche waren umgekommen bei dem Sprengstoff-Attentat auf den deutschen Lastwagen in der Via Rasella. Dreihundert Italiener wurden dafür erschossen an den Ardeatinischen Gräben.
»Damals«, sagte Angelina, »damals wollte ich zurück nach Rom. Ich wollte mit Rom hungern und mit Rom sterben, wenn es sein mußte. Ich zog dieses Gewand aus und meine alten Fetzen an, ich packte mein Bündel und wollte gehen, und diesmal glitt ich nicht aus und verstauchte mir nicht den Fuß; ich ging ungehindert fort und schaute mich kein einziges Mal um. Aber als ich schon da

unten war im Ölgarten, fiel mir ein, daß ich keinerlei Ausweis hatte, und das bedeutete, daß ich bei der ersten Kontrolle verhaftet werden würde, und was dann? Ich dachte, ich muß es Francesco sagen, er soll mir den Paß seiner Schwester bringen oder irgendeinen, einen echten oder falschen. Und so bin ich denn umgekehrt, um auf Francesco zu warten.«

»Und?« fragte ich. »Hast du es ihm gesagt, und hat er dir den Paß gebracht?«

»Ich habe es ihm gesagt, aber er hat ihn nicht gebracht«, antwortete sie. »Es ist ihm damals verboten worden, auf den Berg zu gehen. Es war nämlich warm geworden, und die Leute im Tal erzählten sich, hier oben lägen viele Leichen, und die Luft sei verpestet und das Wasser vergiftet, und das ganze Gebiet wurde gesperrt.«

Ich sagte eigensinnig: »Aber eines Tages kam er doch wieder. Und hatte er den Paß?«

»Er hatte ihn vergessen, und dabei blieb es. Verstehst du?«

»Nein«, sagte ich, »was ist da zu verstehen? An deiner Stelle wäre ich eben ohne Paß gegangen.«

Sie gab keine Antwort, und es war auch nicht nötig, ich hatte verstanden. Ich glaubte ja auch an

Zeichen aller Art. Aber mich ärgerte, daß Angelina mit ihrem klaren Verstand an Dinge glaubte, die mir für sie unpassend erschienen. Ich wollte sie nicht so haben, nicht so, wie wir sind, nicht so einfach. Jetzt freilich begreife ich, daß ihre Einfachheit eine ganz andere war und ist als die meine und die der anderen Nonnen.

»Und nun«, sagte Angelina, »nun gehst du also.« Sie zog aus dem Gürtel, den sie immer um den Leib trug, einen Geldschein, faltete ihn klein zusammen und drückte ihn in meine Hand.

Als ich ihn so in der Hand hielt, fiel meine Begierde, fortzugehen, plötzlich von mir ab. Ich schämte mich. Ich blickte umher, ich sah die alten, von der Zerstörung angefressenen Mauern, die Fensterbogen, den Garten, und ich sah Angelina an, und ich fühlte: ich kann nicht gehen. Aber ich war zu stolz, um es einzugestehen. Ich gab Angelina das Geld zurück. »Behalt es noch«, sagte ich, »ich gehe erst morgen oder übermorgen.«

Angelina hat nicht gelächelt. Von da an war nicht mehr die Rede davon, daß ich fortgehen würde.

Am Abend des 3. Juni kam Francesco, einen großen Krug Wein im Arm und einen Laib Brot schwenkend wie eine Siegesfahne. Noch weit weg, schrie er schon: »Rom ist gefallen, ohne

Kampf.« Er rannte bergauf und rief es keuchend mehr als ein dutzendmal, berauscht von seiner Botschaft.
Die Nachricht war zwar, wie wir später erfuhren, um einen Tag verfrüht, aber was machte das aus! Wir feierten die Rettung Roms mit Wein aus Caprano und schwarzem deutschem Kommißbrot, das Francesco aus einem umgestürzten deutschen Lastwagen erbeutet hatte.
Für Italien südlich von Rom war der Krieg zu Ende. Einige Tage später kehrten die ersten der aus Maria del Monte Geflohenen zurück, ihre gerettete Habe auf Esel und Handkarren geladen und voller Freude, noch zu leben. Angesichts der Tatsache, daß man lebte, spielte es keine große Rolle, daß man nichts mehr vorfand als nackte Mauern, schwarze Balken und ein paar rußige Kupferkessel im Schutt. Man begann, sich im Verbliebenen einzurichten und vieles zu planen.
Niemand schien auf den Gedanken zu kommen, daß im Kloster Menschen lebten. Von der Stadtseite aus war unser Kloster nichts weiter als eine Ruine. Die Nonnen waren gleichzeitig mit allen anderen geflohen, wer also sollte noch hier wohnen?
Am Morgen aber verriet uns der Hahn. Einer un-

serer beiden Hähne hatte eine durchdringende Stimme, und er pflegte zum ersten Krähen auf die Mauern zu flattern; dort stand er dann lange und hob sich scharf gegen den Morgenhimmel ab. Wenn er rief, stand Angelina auf, um die Laudes zu beten, und meist stand auch ich dann auf, um Feuer im alten Herd zu machen und einen Brei aus zerriebenem Mais zu kochen.

An diesem ersten Morgen nach der Rückkehr der Bewohner von Santa Maria del Monte hörte ich eine Weiberstimme: »Das ist mein vergessener Hahn! Hört doch, seht doch, mein Hahn lebt noch.« Sie lockte ihn, aber er zog es vor, in unseren Garten zurückzuflattern.

Da stiegen die ersten über die Mauer. Ohne daß sie mich sahen, konnte ich sehen und hören, wie sie sich verhielten, als sie den wohlbebauten Garten entdeckten, den sie im übrigen, er war ja innerhalb der Klausur, nie vorher betreten hatten. Sie waren beinahe entsetzt. Sie wußten doch, daß die Nonnen noch in Santa Agata waren, wohlverborgen und auf viele Häuser verteilt und in Zivil. Wer mochte hier oben mittlerweile die Arbeit getan haben?

Schließlich kam Angelina. Sie trug, wie immer jetzt, das schwarze Habit und ein weißes Tuch auf dem Kopf, ganz unvorschriftsmäßig und nur so wie eine Bäuerin. Aber die Leute sahen augenblicklich die Nonne in ihr. Sie drängten sich an sie und küßten ihre Hände und überfielen sie mit Fragen. Angelina wollte sich ihnen entziehen, aber wer vermöchte einer Schar begeisterter Italiener zu entkommen, wenn sie einen nicht freiwillig entlassen! Angelina tat, was sie tun konnte, um ihnen zu erklären, daß sie keine Nonne sei, aber sie glaubten es nicht, weil sie es nicht glauben wollten. Es kamen immer mehr über die Mauer gestiegen, und schließlich gelang es Angelina, sie zum Sitzen zu bringen, und als sie saßen, erzählte sie ihnen ihre Geschichte. Aber danach erschien sie ihnen noch weit wunderbarer, sie waren vor Freude außer Rand und Band, und sie schenkten ihr den lauten Hahn und auch die Hühner und den zweiten Hahn dazu. Die Männer begannen die Ruine zu besichtigen, und einige gingen gleich fort, um Werkzeug zu holen, um eine Zelle für Angelina und eine für mich in Ordnung zu bringen.

Angelina sagte: »Aber ich bleibe doch nicht hier. Wenn eure Nonnen wiederkommen, muß ich gehen.«

Ich hörte dies zum erstenmal von ihr. Die Leute

aber riefen, das wollten sie schon sehen, ob man sie je wieder fortlasse. Angelina sagte, sie würde vielleicht nur fortgehen, um fertigzustudieren und als Ärztin wiederzukommen. Auch dies hatte ich sie nie vorher sagen hören. Es schien mir höchst vernünftig.

Aber eine Alte erklärte: »Du wirst nicht mehr fortgehen. Du hast ja schon das da an«, und sie zeigte auf Angelinas Habit.

»Das da«, sagte Angelina, »das kann ich wieder ausziehen. Warum sollte es mich halten?«

»Doch«, sagte die Alte eigensinnig, »einmal angezogen, behältst du es auch an, basta.«

»Und diese da?« Angelina zeigte auf mich. »Wird sie auch dableiben?«

Die Alte betrachtete mich prüfend, dann zuckte sie stumm die Achseln.

Als sie alle fortgegangen waren, um ihre Arbeit aufzunehmen, fragte ich Angelina: »Willst du wirklich weiterstudieren und dann hierher zurückkommen?«

»Ich weiß nicht«, sagte sie still, »aber es könnte sein.«

Es war Juli geworden, heißer Sommer. Immer mehr Leute kamen zurück. Es erwies sich, daß nur wenige damals zurückgeblieben waren, als die Luftangriffe begonnen hatten. Die meisten waren rechtzeitig geflohen. Man fand beim Graben und Schutträumen nur wenige Leichen, vom Kalkstaub konserviert, und man begrub sie jetzt auf dem Friedhof, der weit unterhalb der Stadt lag, dort, wo der Boden nicht mehr so felsig war.

Für die Leute von Santa Maria del Monte war der Krieg zu Ende. Sie verfolgten zwar noch den Verlauf der Kämpfe, aber nur mehr halb beteiligt. Sie liebten das Leben, sie lobten es, und sie dienten ihm. Sie schleppten Mörtel, sie reparierten die Wasserleitung, sie beschafften sich einen ausgedienten Lastwagen, um Baustoffe aus dem Tal hinaufzubefördern, und bald gab es auf der Piazza auch schon wieder einen Markt. Sie waren alle sehr arm, aber sie waren berauscht von der Tatsache, zu leben und wieder daheim zu sein.

An den Abenden kamen sie zu uns ins Kloster und brachten uns die neuesten Meldungen. Durch sie erfuhren wir, daß Hitler im Juli um ein Haar getötet worden wäre; daß die Alliierten nun auch vom Westen, von Frankreich her, gegen Deutschland sich vorschoben und daß es nur mehr wenige Monate dauern könne, bis Friede sein würde in Europa. Von Angelina aber woll-

ten sie unaufhörlich neue Einzelheiten ihrer Geschichte wissen, und auch mich fragten sie mit großer Beharrlichkeit aus.
Eines Tages kamen sie mit der Bitte, Angelina möge ihnen abends vorlesen und vorbeten; der Ort hatte nämlich noch keinen Priester. Angelina war nicht glücklich über dieses Ansinnen. Für sie war es eine Last, die Leute um sich zu haben. Sie kamen bald mit allen Anliegen zu ihr, nicht nur mit verletzten Fingern und mit Staubkörnern im Auge und einmal mit einem gebrochenen Arm; sie kamen auch mit allerlei Gewissensnöten, und eines Tages kam ein junges Mädchen und bat darum, hier ins Kloster eintreten zu dürfen, so als habe Angelina darüber zu bestimmen. Die Kleine wollte nicht verstehen, daß Angelina sie nicht behalten konnte, und so kam sie täglich, um uns im Garten zu helfen, und nach und nach erreichte sie, daß Angelina sie die Regel San Benedettos lehrte.
Niemand merkte, wie sehr Angelina unter der Zerstörung ihrer Einsamkeit litt. Aber abends seufzte sie oft, und sie war von Herzen froh, als das Kloster eines Tages wieder Klausur bekam und die Leute nicht mehr zu jeder Tages- und Nachtzeit über die Mauer und durch die Fenster-

höhlen zu ihr schlüpfen konnten. Bis dahin aber verging viel Zeit.

Mittlerweile begannen die Leute, einen Teil des Klosters wiederaufzubauen. Angelina hatte ihnen Geld gegeben, so viel, daß, wie sie mir sagte, gerade eben noch genügend übrig war für eine Fahrkarte nach Deutschland.

Der Sommer verging mit anstrengender Arbeit, er verging uns so rasch wie ein einziger langer Tag, und plötzlich, Ende September, hielt vor der nun freigelegten Klosterfporte ein englischer Jeep, und es entstiegen ihm zwei Nonnen. Es war vorauszusehen gewesen, daß die Nonnen über kurz oder lang zurückkehren würden. Aber Angelina wurde blaß vor Schrecken. Noch ehe die Nonnen über die Schwelle kamen, war Angelina verschwunden und überließ es mir, sie zu empfangen und aufzuklären. Aber auch ich mochte es nicht tun, und wir waren wie Kinder, die glaubten, wenn sie die Augen schließen, sei durch Zauber das verschwunden, was sie nicht sehen wollten. Vergeblich. Schon schallte eine laute, wohlklingende Stimme durch den Klostergang: »Angelina! Angelina! Giulia!« Ich wartete ab, ob Angelina kommen würde, dann erst wollte ich folgen. Angelina kam, und ich sah eine Szene, die uns nur deshalb unerwartet war, weil wir Nonnen nicht kannten, und vor allem, weil wir unsere Madre Äbtissin nicht kannten.

Angelina kam langsam, scheu und voller Widerstreben näher. Ich Gesicht war gänzlich verschlossen. Die Madre Äbtissin ließ sie ruhig näherkommen; sie sah ihr freundlich entgegen, und als sie sich nahe genug waren, streckte sie wortlos die Arme aus. Angelina antwortete mit keiner Bewegung. Sie sagte einiges, was ich nicht verstand, aber da sie dabei auf ihr Habit zeigte, mußte ich annehmen, daß sie erklärte, warum sie das ihr nicht zukommende Gewand an sich genommen hatte. Die Madre ließ sie ausreden, dann lächelte sie, und dann tat sie die letzten Schritte bis zu Angelina hin, die steif vor Trotz stehengeblieben war, und nahm sie kurzerhand in ihre Arme. Ich sah, wie sich Angelina sträubte und wand, und wie sie sich dann ergab. Für einige Augenblicke legte sie sogar ihr Gesicht an die Schulter der Madre. Ich konnte sehen, wie sich ihre ganze Gestalt entspannte, und ich hätte mich nicht gewundert, wäre sie in Tränen ausgebrochen. Aber dergleichen geschah nicht. Die Arme der Madre gaben sie frei, und dann begann Angelina, ihr und der jüngeren Nonne, es war die damalige Cellerarin, den Garten zu zeigen und dann das Kloster, und dort, im Klostergang, wagte auch ich es, mich zu zeigen. Zu vieren stiegen wir nun in der Ruine umher, eifrig prüfend und planend, als ginge der Aufbau dieses Klosters uns alle gleicherweise an. Schließlich ergab es sich, wie zu erwarten war, daß die Madre fragte, ob wir bleiben wollten. »Nein«, sagte ich, und »nein« sagte auch Angelina. Sie fügte hinzu: »Ich gehe nach Deutschland zurück, um nach dem Krieg weiterzustudieren.«

»Und vorher?« fragte die Madre. »Was tun Sie bis zum Kriegsende?«

»Ach«, sagte Angelina, »da werde ich schon irgendeine Arbeit irgendwo finden.«

»Und wollen Sie nicht hierbleiben solange?« fragte die Madre.

»Nein«, wiederholte Angelina störrisch. In diesem Augenblick stutzte die Madre. Sie sah etwas, das ihre Aufmerksamkeit und ihre Heiterkeit erregte, und als ich ihren Augen folgte, sah auch ich es, und als die Madre plötzlich lächelte, mußte auch ich lächeln. Angelina stand nämlich gerade unter dem alten Torbogen mit der halbverwitterten Inschrift »Egredere si potes«. Angelina schaute uns befremdet an, aber wir sagten ihr erst Monate später, warum wir gelächelt hatten.

»Und sie wollen wirklich nicht bleiben?« wiederholte die Madre. »Auch nicht, wenn ich Sie dringend bitte, uns zu helfen? Ich habe zuwenig Arbeitskräfte.« Sie schaute Angelina mit einem Lächeln in den Augen an, des Sieges bereits sicher.

»Nun gut«, sagte Angelina nüchtern. »Ich werde bleiben, solange man mich hier dringend braucht.«

Ach Angelina, was für ein prophetisches Wort hast du da ausgesprochen! Nie kam der Tag, an dem man sie hätte entbehren können in diesem Kloster. Auch mich fragte die Madre, und ich sagte, ich wolle sehen, ich wisse es noch nicht. In Wirklichkeit wußte ich genau, daß ich mich nicht von Angelina würde trennen können.

Als die Madre Äbtissin und die Suora Candida damals fortgegangen waren, schien alles verändert. Wir waren hier nur mehr geduldete Gäste, wir konnten hinausgewiesen werden, und alle Arbeit, die wir taten, geschah für andere, für die rechtmäßigen Töchter dieses Hauses. Aber dies war nur die eine, die dunkle Seite der Veränderung; die andere war weit merkwürdiger: wir fühlten, seitdem die Madre abgefahren war, eine Lücke, einen Verlust, und wir konnten den Tag kaum erwarten, an dem sie wiederkommen würde. Wir gestanden uns das nicht ein, aber als wir uns einige Male dabei überrascht hatten, wie wir beim Geräusch eines Motors, der den Berg heraufkam, auf die Mauer stiegen, um nachzusehen, wußten wir voneinander, daß wir beide warteten.

Nun müßte ich Ihnen, lieber Herr, unsere Madre Äbtissin schildern, aber Sie werden sie im Verlauf des Berichts ohnehin kennenlernen. Nur weniges über sie: damals war sie sechzig Jahre alt, klug und energisch, sie stammt aus Siena, aus einer alten Adelsfamilie, den Saracinis, die mit der großen Catarina, der heiligen Politikerin, befreundet gewesen war. Sie ist streng gegen sich, sie fastet so viel, daß wir uns wundern, wie sie dabei gesund bleiben konnte; aber uns erlaubt sie keine besondere Askese. Sie sagt, sie will gesunde, ruhige, vernünftige Leute in ihrem Kloster. Sie ist sehr temperamentvoll, und es muß sie große Mühe gekostet haben, so sanft und gleichmäßig und liebevoll zu werden, wie sie ist. Niemals hat irgendeine von uns ein unfreundliches Wort aus ihrem Munde gehört. Wir nannten sie unter uns ›La mamma‹. Zwischen ihr und Angelina bestand vom ersten Augenblick an eine besondere Bezie-

hung. Aber Sie werden später hören, wie sie Angelina erzog.
Anfang Oktober, endlich, kam sie wieder, auf dem alten Lastwagen, der dem ganzen Ort gehörte und Postauto, Transportwagen, Autobus und Taxi zugleich war. Mit dem gleichen Auto kamen zwanzig Nonnen, die jüngeren, die gesunden und kräftigen. Die anderen blieben noch im kleinen Priorat Santa Agata.
Die Nonnen, allesamt aus der Gegend zwischen Rom und Neapel gebürtig, lebhaft, klein und heiter, umringten uns und nahmen uns auf, als wären wir nicht Wildfremde für sie, sondern endlich heimgekehrte Kinder der Familie. Sie bewunderten uns und alles, was wir in Kloster und Garten getan hatten. Ich als Italienerin war, obgleich man bei uns in Umbrien sonst nicht so leicht freundschaftlich fühlt, sofort mit ihnen vertraut. Angelina aber war scheu und still, und bald ergab sich die erste Schwierigkeit für sie: die Nonnen hatten Strohsäcke und Decken mitgebracht und bezogen die beiden fertig ausgebauten kleinen Räume, die jetzt Sprechzimmer sind. Da mußten sie so eng liegen wie Sardinen in der Dose. Angelina sagte, es sollten doch einige von ihnen in unsere Zellen kommen, da sei Platz. Aber sie sagten, die Madre

habe ihnen verboten, sich zu trennen oder mit uns in einem Raum zu schlafen. Als wir allein waren, sagte ich zu Angelina, ich fände diese Anordnung töricht, denn wir seien doch auch Mädchen, und ich könnte keine Gefahr für die Nonnen darin sehen, wenn sie im gleichen Raum mit uns schliefen.

Angelina sagte finster: »Sie beginnen, ihre Klausur zu halten, so gut es geht. Wir sind ausgeschlossen.«

Ich spürte, wie verletzt sie war, und von neuem schöpfte ich Hoffnung, sie würde es bald aufgeben, hier leben zu wollen.

Am gleichen Abend erlebte sie eine neue Enttäuschung. Zum erstenmal wurden im Chor wieder die Complet gebetet. Wir durften wohl dabeisein, aber nicht mitsingen. Mir machte das nichts aus, ich hätte es ohnehin nicht gekonnt. Doch Angelina war betroffen. Zudem hatte sie ihr Brevier nicht mehr. Sie hatte es in der Kapelle liegenlassen, und eine der Nonnen hatte es als ihr Eigentum erkannt und an sich genommen. Angelina hatte nichts gesagt. Aber nun kniete sie ganz steif im Chor und blickte störrisch vor sich hin, ohne zu beten. Niemand kümmerte sich um sie. Niemand schien daran zu denken, daß sie es gewesen war,

die Chor und Kapelle mit eigenen Händen von Schutt und Staub gesäubert hatte, und daß sie es war, die viele Monate lang hier die Tradition gehütet hatte, indem sie das Offizium betete, allein und glühend vor Anstrengung und Sammlung.
Als am Schluß der Complet die Madre Äbtissin zur Feier des Tages den 125. Psalm anstimmte und alle voll Jubel sangen »Als einst der Herr die Knechtschaft Sions wandte, da war es uns, als träumten wir ... Ja, Großes hat der Herr an uns getan, wie sind wir froh«, da ging Angelina ganz leise hinaus.
Da es noch nicht wieder elektrisches Licht im Hause gab, gingen alle nach Einbruch der Dunkelheit schlafen. Ich ging in Angelinas Zelle und fand sie dabei, wie sie sich umkleidete.
»Was tust du denn?« fragte ich bestürzt.
»Du siehst es«, antwortete sie kurz. Nun war es also soweit: sie wollte gehen.
»Ich gehe mit«, sagte ich.
Sie nickte. »Ich erwarte dich im Garten, aber erst eine Stunde nachdem die Madre ihre Kerze ausgelöscht hat.«
Ich weiß nicht, warum ich mich nicht glücklich fühlte in dem Augenblick, in dem endlich ein vernünftiger Entschluß gefaßt worden war nach die-

sen Monaten voll frommer Träume. Aber ich unterdrückte meinen sonderbaren Schmerz und packte mein Bündel. Dann wartete ich, bis die Dunkelheit tief genug war und ich ungesehen durch den Klostergang schleichen konnte. Aber als ich in den Garten kam, sah ich, daß in der Zelle der Madre Äbtissin noch Licht war. Ich blieb, wo ich war, um kein Geräusch zu machen; ich setzte mich auf einen Stein und wartete. Angelina war noch nicht da.

Die Nacht war schön und noch warm, die Zikaden, zu Hunderten auf Pinien und Ölbäumen sitzend, machten ihren musikalischen Lärm; die Kräuter und Blumen im Garten, alle von Angelina und mir gezogen, dufteten stark, und einmal krähte verschlafen, im Traume vielleicht, der eine unserer Hähne. Da merkte ich, wie sehr mein Herz an diesem Orte hing. Und doch wollte ich fort, so rasch wie möglich. Endlich hörte ich Schritte, sehr leise, und ich flüsterte: »Angelina.« Aber es war nicht Angelina, es war die Madre Äbtissin.

»Kind«, sagte sie, »was tun Sie hier draußen? Sie werden sich erkälten. Kommen Sie herein.«

Ich stand auf und gehorchte, es blieb mir nichts anderes übrig.

Da legte sie ihre Hand auf meine Schulter und sagte: »Sie warten vergeblich auf Angelina. Sie wird hierbleiben.«
»Nein«, rief ich, »sie wird nicht bleiben. Wir gehen fort, beide, noch heute nacht.«
»Kommen Sie«, sagte sie, und sie führte mich an Angelinas Tür, die einen Spalt weit offenstand. Ich hörte Angelina tief und ruhig atmen. Sie schlief.
»Was haben Sie mit ihr gemacht?« flüsterte ich.
»Schlafen Sie jetzt auch«, sagte sie still. Sie machte mir ein Kreuzzeichen auf die Stirn, und ich ging, mir selbst unbegreiflich, gehorsam zu Bett.
Am nächsten Morgen erzählte mir Angelina, eine veränderte, glückliche Angelina, was geschehen war. Als sie an der Zelle der Madre Äbtissin vorbeischlich, hatte sich die Tür geöffnet und die sanfte Stimme der Madre sagte nichts als: »Figlia mia, wohin willst du gehen?« Dieses Wort hatte Angelina auf geheimnisvolle Weise bezwungen, und sie hatte sich, unerwartet für sie selbst, in die Arme der Madre geworfen. Dabei war ihr das Bündel entfallen. Die Madre hob es auf und trug es in Angelinas Zelle und brachte Angelina zu Bett, wie eine Mutter ihr Kind schlafen legt, gab ihr den Nachtsegen, und Angelina war augenblicklich in einen tiefen guten Schlaf gesunken.

»Und jetzt?« fragte ich. »Wirst du wirklich bleiben?«
»Ich glaube, ja«, sagte sie. »Und du?«
»Ich nicht«, sagte ich. »Aber ich helfe noch arbeiten.«
Am nächsten Tag begann die Arbeit. Handwerker kamen und begannen, mit einem großen Bagger den Schutt wegzuräumen. Lastwagen brachten Kalk, Dachziegel und hölzerne Balken für den Dachstuhl, und das in einer Zeit, in der dies alles ungemein kostbar war. Woher kamen die Waren, und woher kam das Geld, sie zu bezahlen? Ich fragte die Schwestern, aber sie wußten es nicht, und sie kümmerten sich auch nicht darum, denn sie waren daran gewöhnt, daß das Nötige zur rechten Zeit sich in ihrem Kloster einfand. »Cum dederit dilectis suis somnum«, sagte die Schwester Cellerarin. »Den Seinen gibt es der Herr im Schlaf.«
So war es, und so ist es auch heute noch. Wir sind ein armer Konvent, und es gibt Tage, an denen keine Lira in der Kasse ist. Aber die Madre Badessa sagt: »Morgen werden wir etwas bekommen.« Als ich dies zum erstenmal von ihr hörte, fragte ich, woher wir denn etwas bekommen würden. Sie sagte: »Das weiß ich doch nicht,

meine Kinder, aber ich weiß, daß wir etwas bekommen werden.« Und so geschah es denn auch. Später fragte ich nicht mehr, und schließlich verlernte ich das Staunen und gewöhnte mich daran, wie die anderen zu warten und zu vertrauen. Eines Tages aber, Ende November, hatten wir weder Geld noch Baumaterial mehr, wir waren ängstlich, und ich dachte, nun bliebe der Bau doch unvollendet, und die Methode des sorglosen Wartens und Vertrauens erführe jetzt eine arge Korrektur. Fast freute ich mich darüber; warum sollte denn ein Kloster ausgenommen sein aus dem großen Getriebe der Weltwirtschaft? Am Morgen des folgenden Tages sagte die Madre Badessa, sie fahre zur Kommandantur der Alliierten nach Rom, und ich solle sie als Dometscherin begleiten. Der Konvent war in großer Aufregung, denn alle fürchteten sich vor den Engländern und Amerikanern. Auch wußte niemand, wie wir nach Rom gelangen sollten. Doch eine Stunde später kam unser Baumeister aus Frosinone und nahm uns mit, und in Frosinone bekamen wir einen Lastwagen der Alliierten, und mittags waren wir wirklich in Rom, und schließlich standen wir vor einem Offizier, der unser Anliegen zerstreut anhörte, aber dann unfreundlich erklärte, er habe

Wichtigeres zu tun; außerdem gehöre er zur Anglikanischen Kirche.

Die Madre Badessa sagte mit ihrem lieblichsten Lächeln: »Verzeihen Sie die Störung.« Aber sie ging nicht, sie blieb einfach stehen und schaute den Offizier an; sie schaute ihn in einer Weise an, die ihn zwang, zu fragen, was wir denn eigentlich noch wollten und ob wir dächten, er sei der Direktor der Bank von England und könne Geld verleihen. »Verleihen!« rief die Madre Badessa erheitert aus. »Aber wir wollen ja nichts entleihen, wir wollen es geschenkt bekommen.«

Der Offizier war ein wenig aus der Fassung gebracht, und in diesem Augenblick kam ein anderer ins Zimmer und ihm erzählte er, was man ihm zugemutet hatte. Dieser andere war sein Vorgesetzter, und er lachte. Er nahm uns mit sich, ließ sich alles erzählen und lachte noch mehr, und schließlich versprach er uns seine Hilfe, wir sollten ruhig heimfahren. Wir taten es, ohne uns in Rom aufzuhalten, mit einem italienischen Lastauto, das uns gleich am Anfang der Via Casilina auflud.

Mich hatte die Unterredung in der Kommandantur verärgert, denn ich glaubte nicht daran, daß der Offizier sein Versprechen halten würde. Ich sagte das auch der Madre Badessa, aber sie war bester Laune, denn sie war sicher, daß sie erreicht hatte, was sie erreichen wollte. Und sie behielt natürlich recht. Bereits am folgenden Tage kam ein Jeep mit dem Offizier aus Rom, und er schaute sich alles an, was wir gebaut hatten; es gab nämlich nur einen kleinen Teil vorerst, der Klausur war und den er nicht betreten durfte; alles übrige war noch offen. Dann verlangte er eine Aufstellung der Dinge, die wir noch brauchten; zuletzt ließ er uns eine Kiste Konserven da und ein Bündel Geldscheine, und dann fuhr er zu unserem Baumeister, um sich von ihm genaue Erklärungen einzuholen.

Einige Tage später kamen Lastautos und brachten Bretter, Kalk, Zement, Pflastersteine, Ölfarben und Holzbeize, und alles war bereits bezahlt. Dies nahmen wir für ein Wunder. Der Offizier kam noch öfters, und er sagte, er stamme aus der Familie des großen Erzbischofs Newman von Canterbury; aber er sagte das lachend, und nie wußten wir, ob er etwas im Ernst sagte oder bloß seinen Spaß daran hatte, uns zu verblüffen. Nur als er im Mai 1945 zum letztenmal kam, weil man ihn nach England zurückbeordert hatte, war er ernst, und er sagte, er sei glücklich, unsere Äbtissin und diesen »gesegneten Ort«, so nannte er unser Kloster, kennengelernt zu haben.

Gerade rechtzeitig zu Weihnachten war der Bau fertig. Wir hatten auch die nötigsten Möbel, und in dem ans Kloster angebauten Pfarrhof wohnte nun ein Priester. Am Tag vor dem Heiligen Abend kehrten die letzten Nonnen aus dem Priorat heim. Zu Weihnachten wurden Kloster und Kirche vom Bischof neu geweiht, und das Kloster bekam wieder seine strenge Klausur.

Damit aber war der Tag gekommen, an dem Angelina und ich nicht mehr länger innerhalb der Klausur leben durften, ohne dem Konvent anzugehören. Ich war meiner Entscheidung bereits sicher: ich würde nicht eintreten, aber ich wollte bis zum Kriegsende bleiben und dafür im Pfarrhof arbeiten, und dort wollte ich auch wohnen. Was Angelina tun würde, wußte ich nicht. Ich hoffte von ganzem Herzen, sie würde meinen Entschluß teilen. Es war so vernünftig und gut, was sie geplant hatte: nach Deutschland zurückzukehren und das unterbrochene Medizinstudium wieder aufnehmen.

Ich wollte mit ihr darüber sprechen, aber als ich davon anfing, sagte sie nichts als: »Ich bitte dich, sei still«, und ließ mich stehen. Ich sah sie den ganzen Tag nicht mehr. Am Abend, zwischen Nachtmahl und Complet, suchte sie mich. »Komm«, sagte sie und schien in großer Eile, »komm, wir wollen uns jetzt von der Madre Äbtissin verabschieden und morgen früh fortgehen.«

»Morgen früh?« fragte ich bestürzt. »Warum denn? Ich möchte lieber bleiben, bis der Krieg vorüber ist.«

»Komm«, wiederholte sie dringlich.

»Gut«, sagte ich, »dann kann ich sie ja gleich fragen, ob ich im Pfarrhof wohnen kann.«

Angelina erwiderte nichts, sie nahm mich am Arm und schob mich in das Zimmer der Madre, so rasch, als dürfte keine Sekunde versäumt werden. Die Madre empfing uns freundlich wie immer. »Sprich du erst«, sagte Angelina, und ich brachte meine Bitte vor.

Die Madre sagte, ich könne auch im Kloster wohnen bleiben, es gäbe ein Gästezimmer außerhalb der Klausur. Dann schaute sie Angelina an. »Nun«, sagte sie, »hast du dein Bündelchen nicht bei dir?«

Da hörte ich Angelina sagen: »Ehrwürdige Mutter, ich bitte Sie um die Aufnahme in Ihren Orden.«

Es blieb eine Weile ganz still. Angelina war blaß. Ich weiß nicht, was ich erwartet hatte, aber jedenfalls hatte ich nicht die ganz und gar nüchterne Frage der Madre erwartet: »Und Ihr Medizinstudium? Sie können als Benediktinerin nicht Medizin studieren.«

Zu meinem Erstaunen hörte ich Angelina ganz ruhig antworten: »Ich werde glücklich sein, wenn man mir hier irgendeine andere Arbeit zuweist.«

Die Madre nahm das ohne ein Zeichen der Überraschung zur Kenntnis, dann öffnete sie ein Buch, das auf dem Tisch lag, und las folgendes vor: »Hart und rauh ist der Weg, der zu Gott führt. Ihr müßt euerem eigenen Willen völlig entsagen; täglich müßt ihr den Willen euerer Oberen erfüllen, die euch zuweilen schwere und drückende Bürden auferlegen, um euere Geduld, eueren Gehorsam und euere Demut zu erproben.« Als sie dies gelesen hatte, schaute sie Angelina lange an, und Angelina erwiderte ruhig und frei ihren Blick. Dann nahm die Madre ein anderes kleines Buch, dessen Format ich schon kannte, ich hatte es oft in Angelinas Händen gesehen, es war die ›Regula‹, und sie las langsam: »Der Abt mache im Kloster keinen Unterschied der Person. Er liebe den einen nicht mehr als die anderen.« Nachdem sie dies gelesen hatte, schaute sie wiederum Angelina an, und diesmal senkte Angelina ihre Augen. Aber die Madre ließ ihren Blick so lange auf ihr liegen, bis Angelina diesen Blick erwiderte. Dann blätterte die Madre im Brevier und las: »Der Herr wird Jakobs Volk befreien, befreien aus der Hand des Starken. Sie kommen Lieder singend heim und eilen froh herbei zum Gabentisch des Herrn. Da gibt es Korn und Wein und Öl. In Zukunft werden sie nicht hungern.«

Ich verstand nicht sogleich, warum sie gerade diese Stelle ausgewählt hatte, und auch Angelina dachte angestrengt nach. Noch ehe sie verstanden hatte, begann die Madre eine Reihe von Fragen zu stellen, die, wenn sie schon mich hart angriffen, auf Angelina wie Hammerschläge wirken mußten. Sie waren unbarmherzig. Auch ließ sie das vertraute ›Du‹ darin plötzlich fallen. »Werden Sie die Sorge für eine gerechte Verteilung der Güter auf Erden von nun an wirklich Gott überlassen? Werden Ihr Verstand und Ihr Herz auf das Eingreifen in die Politik verzichten können? Werden Sie sich nicht eines Tages Fahnenflucht vorzuwerfen haben? Wissen Sie, daß Sie von nun an kein anderes Mittel mehr besitzen, die Welt verändern zu helfen, als Ihr Gebet und Ihr Opfer? Wird Ihnen diese Art der Teilnahme am Geschick Ihrer Mitmenschen genügen?« Und dann fügte sie noch eine Frage hinzu, die mir grausam erschien: »Ziehen Sie es nicht vor, an der Seite Ihres Freundes Antonio zu leben und mit ihm politisch zu arbeiten?«

Angelina hatte den Kopf ein wenig beiseite gedreht, wie jemand, der einem schmerzenden Schlag entgehen möchte, aber jetzt wandte sie ihn wieder der Madre zu, offen und tapfer. »Ehrwürdige Mutter«, sagte sie, und ihr Stimme war ganz fest, wenn auch leise, »ich hoffe, ein Jahr Noviziat wird mir Klarheit darüber geben.«

»Gut«, erwiderte die Madre, »gehen Sie jetzt. Wir sprechen morgen weiter.«

Bevor Angelina die Tür erreichte, schwankte sie, und ich fürchtete, sie würde ohnmächtig. Noch ehe ich sie stützen konnte, war die Madre neben ihr und fing sie in ihren Armen auf.

Ich ging hinaus und ließ die beiden allein. Ich wartete im Korridor. Als Angelina schließlich herauskam und an mir vorüberging, ohne mich zu sehen, kehrte ich ins Zimmer der Madre zurück. »Auch ich bitte um die Aufnahme in Ihren Orden«, sagte ich.

Sie lächelte. »Ja«, sagte sie und strich mir liebevoll über das Haar, »auch wir beide wollen es versuchen.«

Am 10. Februar traten wir beide in das Noviziat ein. Es war der Tag der Santa Scholastica, der Schwester San Benedettos.

Vier Monate nach diesem Tag, einige Wochen nach Kriegsende, wurde Angelina zur Madre Äbtissin gerufen. Als sie aus dem Zimmer kam, war sie so blaß, daß wir sie alle umringten und sie fragten, ob sie krank oder ob etwas Schreckliches geschehen sei. Sie schob uns sanft und wortlos beiseite und eilte in die Kapelle. Ich wartete auf sie, ich mußte lange warten. Als sie endlich kam, sagte sie leise: »Antonio ist gekommen. Er ist im Sprechzimmer«, und sie ging langsam und ruhig hinunter.

Erst einige Jahre später hat mir Angelina den Verlauf jener Begegnung erzählt. Die Madre hatte gesagt, Antonio sei gekommen, er habe mit ihr gesprochen, er habe sie gefragt, ob Angelina noch frei sei und mit ihm kommen könne, er wolle sie heiraten. Die Madre sagte ihm, Angelina sei noch frei, und er möge sie selbst fragen. Zu Angelina sagte sie, sie wolle ihr keinen Rat geben, aber Antonio sei ein guter, kluger, tapferer Mann, und seine Liebe sei groß und stark, er habe eine wichtige Stellung in der neuen Regierung und könne Gutes wirken, und es wäre keine schlechte Wahl, wenn Angelina ihm folgen würde.

Angelina war entsetzt. »Was habe ich getan, daß Sie mich nicht behalten wollen?«

Die Madre antwortete ungerührt, wie es schien: »Sie mißverstehen mich. Ich will Sie weder halten noch fortschicken. Sie sollen entscheiden. Auch das Leben in der Ehe ist gut und gottgewollt.«

»Warum versuchen Sie mich so?« fragte Angelina.

»Gehen Sie jetzt«, sagte die Madre.

Angelina war den Tränen nahe. »Ich bitte Sie, mir diesen Gang zu ersparen.«

Die Madre aber sagte streng: »Gehen Sie. Feigheit hilft hier nicht weiter. Stellen Sie sich dieser Begegnung. Gott wird Ihnen helfen.«

Und Angelina ging. Unser Sprechzimmer, Sie kennen es ja, lieber Herr, hat ein doppeltes Gitter, und man kann sich die Hände nicht reichen. Auch sieht man sich, wenn man nicht ganz nahe an das Gitter geht, nur undeutlich im Schatten. Antonio sei auf und ab gegangen, er habe stark gehinkt und sei am Stock gegangen, er war ja schwer verwundet gewesen, und das Aufschlagen des Stockes auf dem Pflaster sei kaum erträglich gewesen. Er habe Angelina, die leise ans Gitter getreten war, lange nicht bemerkt. Sie aber sah ihn, und sie brauchte mir nicht zu erzählen, was sie dabei empfand.

Dann begann sie zu sprechen. Sie fragte ihn, wo er lebe und was er arbeite, sie fragte ihn nach dem Stand der Reformen, von denen sie gehört habe, und er antwortete ihr höflich und nüchtern: die kommunistische Partei sei mächtig, sie führe; viel Großgrundbesitz sei aufgeteilt, für die Arbeiter seien Siedlungen geplant, die Löhne stiegen, und so habe sich der Krieg denn doch gelohnt, denn wahrhaft eine bessere Zeit habe begonnen. Dann schwiegen sie beide.

Antonio hörte auf, hin- und herzugehen, aber er kam nicht ans Gitter, er blieb mitten im Zimmer stehen, und von dort aus tat er schließlich die Frage, um derentwillen er gekommen war: »Und du, Angelina? Wirst du jetzt mit mir kommen als meine Frau? Du weißt, daß außer dir keine Frau in meinem Leben war und auch keine sein wird.«

Sie aber sagte nichts als: »Du weißt es selbst, es ist uns nicht bestimmt. Warum bist du gekommen?«

»Ja«, erwiderte er leise und verletzt, »warum bin ich gekommen.« Dann trat er mit einem Schritt ans Gitter und rief: »Warum, warum? Wenn du das nicht weißt…«

»Ich bitte dich, mir zu verzeihen«, sagte Angelina, »aber ich kann nicht mit dir gehen. Ich habe mich entschieden. Dies gilt für immer. Vergiß mich, oder besser: verzichte. Auch ich…« Hier sei ihre Kraft zu Ende gewesen. Sie haben sich angesehen durch das doppelte dunkle Gitter hindurch, dann war Antonio rasch und für immer fortgegangen.

Als mir Angelina dies erzählte, waren mehr als drei Jahre darüber hingegangen, aber selbst diese drei Jahre hatten nicht vermocht, das Andenken Antonios in ihr zu verringern.

»Wie sehr mußt du ihn geliebt haben«, sagte ich.

»Ja«, erwiderte sie einfach, »ich habe ihn geliebt, und auf meine Weise liebe ich ihn noch. Ich werde ihn immer lieben. Aber was ist dies alles, die Liebe und der Schmerz, gegen die Freude der Taube, die des Vogelstellers Schlinge entronnen ist und ihr Nest gefunden hat? Du weißt es ja selbst. Und jetzt laß uns darüber schweigen.«

Damit, lieber Herr, bin ich am Ende meines Berichtes angelangt. Was aus Antonio geworden ist, wissen Sie. Sie können seinen Namen täglich in der Zeitung lesen. Daß Angelina trotz vieler Mühsal glücklich ist und sehr geliebt von allen, wissen Sie auch, und ich habe nichts mehr hinzuzufügen als die Bitte, Sie möchten Angelina so sehr lieben, daß Sie auch ihr Schicksal lieben und den, er es für Angelina und für Sie bereitet hat.

Nachwort

Unter den Autoren, die im Mai 1953 zum ersten deutsch-französischen Schriftstellertreffen eingeladen waren (von den Herausgebern der Zeitschrift ›Documents‹, vom ›Comité avec l'Allemagne nouveau‹), war Luise Rinser die einzige Frau. Zudem nahm sie eine andere singuläre Stellung ein: sie hatte nicht erst – wie Alfred Andersch oder Heinrich Böll oder Rudolf Hagelstange – nach dem Krieg zu schreiben begonnen; sie hatte schon im Dritten Reich ihr erstes Buch veröffentlicht und trotzdem sich freigehalten von Schuld und Mitschuld. Sie wurde mit Schreibverbot belegt, verhaftet, im Gefängnis gehalten. Am Volksgerichtshof lief der Prozeß gegen sie wegen »Wehrkraftzersetzung«. Sie wurde zum Tod verurteilt. Nur weil die Zeit mit ihr war, wurde sie gerettet. In ihrem ›Gefängnistagebuch‹ konnte sie das alles bezeugen. In Paris wurde sie dafür bewundert, und sicher wurden bei jenem Schriftstellertreffen auch die Fundamente gelegt für die Schätzung, die man in Frankreich Luise Rinser und ihren Büchern von damals bis heute entgegenbringt.

Ich war der Jüngste unter den Geladenen in Paris. René Wintzen, der agilste und liebenswürdigste unter den ›Documents‹-Herausgebern, war auf mich aufmerksam geworden. Vor zwei, drei Jahren erst, nach langer Gefangenschaft in der Sowjetunion, war ich in die Literatur geraten: mit Gedichten, mit Kurzgeschichten, mit einer kleinen, mehr privaten als öffentlichen Zeitschrift, den ›Konturen‹, der von so vielen Seiten Sympathien zuflogen. Karl Krolow, Hans Egon Holthusen, Rolf Bongs, Rudolf Krämer-Badoni, Günther Weisenborn waren neben Andersch, Böll und Hagelstange in Paris dabei. Hinzu kamen Autoren, die in Paris lebten: Joseph Breitbach, Paul Celan, Peter Gan. Germanisten, Übersetzer, Manager, Buchhändler, Journalisten wollten die deutschen Autoren kennenlernen, Studentinnen und Studenten der Sorbonne ihnen Fragen stellen. Luise Rinser wäre ich im Trubel der Tagungwahrscheinlich weniger nahe gekommen, hätten wir nicht einen gemeinsamen Auftrag erhalten:

Blumen zu besorgen für den Empfang bei Wilhelm Hausenstein, dem ersten deutschen Geschäftsträger und späteren Botschafter in Paris, der zudem selber ein Schriftsteller war. Mit einem üppigen Rosenbouquet ließen wir uns, Luise Rinser und ich, im Taxi zur Botschaft bringen, wo wir jedoch erfuhren, der Empfang finde in der Privatwohnung Hausensteins statt. Also kamen wir dort fast zu spät: die ersten Gäste verabschiedeten sich eben. Doch Annette Kolb thronte noch im bequemsten Sessel im Hintergrund des Raumes und beobachtete die neuen deutschen Autoren, die aus einer anderen Welt und Zeit kamen als sie, und die es schon ganz gut gelernt hatten, ihre Literatur im Ausland zu repräsentieren.

War Annette Kolb zufrieden? Auch sie, die ihr Leben lang für Verständnis und Frieden zwischen ihren zwei Vaterländern gestritten hatte, war skeptisch. Am Abend vorher hatte sie darüber reden gehört. Joseph Breitbach hatte mich, um mir eine zusätzliche Überraschung zu bereiten, allein zu Annette Kolb gebracht in ihr Zimmer im Hotel Cayré am Boulevard Raspail. Ihr Alter und die Angst vor dem Sterben war ein Thema; die deutschen Schriftsteller ein anderes. Sie fragte mich aus nach ihren Gesinnungen und Büchern. Alfred Andersch wollte sie unbedingt kennenlernen, weil der Titel seines ersten Buches sie entzückte: ›Die Kirschen der Freiheit‹. Von Luise Rinser hatte sie den Roman ›Daniela‹ gelesen. Annette Kolb erwähnte unter anderem – und sie schüttelte sich ein wenig dabei –, im Buch komme ein Mädchen vor, das habe Läuse!

Trotz der Freundschaft, der Aufmerksamkeit, der Empfänge, der Büfetts und der stark besuchten Diskussion in einem Auditorium der Sorbonne waren die abwartenden Haltungen und gegensätzlichen Meinungen zu spüren und zu hören. In der Bundesrepublik verlegte, spielte, las und verehrte man die großen Autoren der französischen Literatur – zu keiner Zeit wahrscheinlich mehr als in den fünfziger Jahren –, doch bis auf zwei Ausnahmen – Jean Schlumberger und Gabriel Marcel – war kein anderer gekommen, mit den neuen deutschen Autoren zusammenzusein. Doch ein Anfang war gesetzt. Der Tagung in Paris folgten die Tagungen in Bad Griesbach und Vézelay, wo Alain Robbe-Grillet den nouveau roman propagierte und viel mehr und auch andere deutsche Autoren mitwirkten. (Tatsächlich, es wäre aufschlußreich, noch eingehender an jene ersten Tagungen und ihre Folgen zu erinnern. Schon will

die Erinnerung an sie versinken ins große Vergessen.)
Ich hatte von Luise Rinser weder ›Mitte des Lebens‹ noch ›Die gläsernen Ringe‹, noch das ›Gefängnistagebuch‹ gelesen. Ich kannte jedoch ihre Erzählung ›Jan Lobel aus Warschau‹, und sie war für mich – wie Ernst Kreuders ›Die Gesellschaft vom Dachboden‹ und Elisabeth Langgässers Geschichtensammlung ›Der Torso‹ – überhaupt eines der ersten Bücher, die ich nach der Heimkehr gelesen hatte. Dieser Erzählung hatte auch Annette Kolb vorbehaltlos zugestimmt. Sie verblieb noch ganz in der Tradition schöner, wohlklingender, poetischer Prosa. Der Stoff jedoch war ein neuer. Vorgänge aus dem Dritten Reich waren darin beschrieben, und Menschen kamen vor, die sich mutiger verhielten, als sich die Masse der Menschen in den zwölf nazistischen Jahren verhalten hatte. Die Titelfigur, Jan Lobel, ein Jude und Sträfling, hatte aus dem KZ entfliehen können. Eine Gärtnersfrau namens Olenski hielt ihn versteckt. Mehr noch als sie selber fühlen deren Tochter Julia und Sohn Thomas sich zu dem Flüchtigen hingezogen. Die Gärtnerei wird zur Insel einer natürlichen Humanität mitten in einer Welt des Mordes und der Diktatur.

In der Ich-Erzählerin war Luise Rinser gegenwärtig. Eine Gestalt, in der damals viele Leser sich spiegeln konnten. Sie mischt sich nicht ein. Sie berichtet die Vorgänge. Sie verrät kaum ihre Angst und Anteilnahme; und ist doch viel stärker als alle anderen Mitspieler am Schicksal Jan Lobels beteiligt. Erst am Schluß, nachdem alles überstanden ist, sogar die Nachricht kommt, Jan Lobel ist nicht mehr am Leben, bekennt die Ich-Erzählerin ihre Überwältigung. Sie weint. » – ich weine über alle Heimatlosen«, sagt sie. So begann sie, die Literatur der stummen Anklage, des Mitgefühls und der Warnung.

Noch ein anderer neuer Aspekt wurde in der Erzählung ›Jan Lobel aus Warschau‹ sichtbar: eine Art Hellsicht, wie es weitergehen wird nach dem Ende des Nazismus und Chauvinismus, aber auch nach der allgemeinen großen, von Hoffnungen geschwellten Säuberung, Buße und Reue. Am Schluß tritt der Gärtner Olenski auf. Ein Reserveoffizier, der zurückkehrt und eine, vornehmlich auf Gewinn gerichtete, Ordnung installiert: Gemüse statt Blumen, ein neues Treibhaus, ein zusätzliches Grundstück, schnurgerade Beete. »Es ist alles anders«, sagt Frau Olenski, weil sie die

Diskrepanz zwischen Außen und Innen erkennt. Da konturiert Luise Rinser zum erstenmal den »sauberen Frieden«, den sie später ganz konkret und heftig bekämpfen wird.
Luise Rinser habe ich nach dem Schriftstellertreffen nur noch selten gesehen: einmal in München, einmal in Rom, und dann, in den letzten Jahren, wieder häufiger, bei den Tagungen der Berliner Akademie der Künste, deren Mitglieder wir sind. Ich verhielt mich zu ihr, je mehr ich die Literatur zu meinem Beruf machte, wie sich fast alle meine Kollegen zu ihr verhielten. Zwischen Luise Rinser und uns vertiefte sich eine Kluft, die jeder spürte und doch zu kommentieren sich scheute. Sie zählte nicht zu denen, die mitbestimmten, was Literatur sei und was nicht. Bei der ›Gruppe 47‹ war sie nur einmal zu Gast, und ich kann mir vorstellen, wie fremd sie sich da gefühlt hat. Sie war – nach ihrer eigenen Darstellung – eine Einzelgängerin: »Ohne Clique, ohne Gruppe, ohne Mäzen, ohne protegierenden Liebhaber«. Und sie hatte – auch das war ein Gegensatz – Erfolge. Sie hatte Verehrer, Leser, Briefpartner, Publikum, Zustrom im In- und Ausland. Sie schrieb für Blätter, in denen die anderen Autoren zu publizieren von vornherein verschmähten. Sie schrieb über Pro-

bleme der Zeit, um welche die anderen Autoren sich gar nicht kümmern wollten; wenigstens damals noch nicht. Sie gab »Lebenshilfen« und äußerte sich zu »Fragen der Zeit«.

Luise Rinser setzte sich bald nach dem Krieg ein für die Reform der Jugendgefängnisse, für die Abschaffung der Todesstrafe. Politik war ihr keine Nebensache. Sie war unter den Mitgründerinnen des ›Süddeutschen Frauenvereins‹ und der ›Lessinggesellschaft für Frieden und Toleranz‹. Sie diskutierte in Internierungslagern. Sie verfaßte Streitschriften, Pamphlete. Sie wurde, auch da im Einzelgang, zu einer Streiterin der Frauenfrage. Zu einer kritischen Beobachterin der unzulänglichen gesellschaftlichen Verhältnisse, nicht nur in der Bundesrepublik, sondern in vielen anderen Ländern, die sie bereiste.

Viel weiter als Luise Rinser kann ein Autor den schwer zu definierenden Begriff »Wirklichkeit« nicht fassen. Nach eigenem Bekenntnis: »Das Leben, die Erde, die Mitmenschen, das ist die einzige große Wirklichkeit, die es ans Herz zu nehmen gilt, so wie sie ist. Auch Politik, auch Wirtschaft, auch Publizistik, auch Naturwissenschaft, auch Weltraumforschung, auch Theologie, auch die ›moderne Kunst‹, auch die großen Skandale, auch

Huren, Mörder, Manager, glatte Diplomaten, auch Priester und Heilige, auch Rußland und China und die USA, auch Mode, Film, ›Erotik‹ – alles ist Welt, ist die uns, jeden von uns angehende Welt. Wir sind mitten in ihr. Nichts geschieht, was nicht jeden von uns berührte.« Kurz und bündig: Luise Rinser war »engagiert«, bevor es die meisten anderen waren, und sie ist noch »engagiert«, heute, wo es viele nicht mehr sein wollen oder bereuen, »engagiert« gewesen zu sein.

»Der couragierte Protest ist ihr angeboren, aus Herkunft, Schicksal, Temperament; wegen der steten Verlockung durch geistige Vollkommenheits-Ideale, durch Mitgefühl.« Gustav René Hocke, der Luise Rinser viel besser kennt als ich, auch deshalb, weil er nicht weit von ihr lebt in der Umgebung Roms, gibt diese Interpretation. Und: »Es kommt, bei dieser waschechten Bayerin, deren Ahnen selbstbewußte Bauern waren, offenbar der Drang nach sprachlicher, sagen wir, Ungeschminktheit hinzu. Doch wird dieses wohl ständige Aufbegehren rasch kompensiert durch Mitleid mit allen und auch durch Hilfsbereitschaft; Mitleid auch für den, der die schwerste Sünde begeht, laut Dante, den Verrat an Gottes Geist.«

Ich habe Luise Rinser, spät genug, wieder verstehen gelernt durch ihre Tagebücher. Ich vermute, auch andere haben sie zum ersten oder zweiten Male verstehen gelernt, als 1970 und 1973 ihre Tagebücher ›Baustelle‹ und ›Grenzübergänge‹ erschienen. (Joachim Kaiser zum Beispiel hat in seiner Rezension der ›Baustelle‹ das Gleiche bekannt [Süddeutsche Zeitung, 23. 9. 70]: »Keine Frage, die von ihr erwartete Erbaulichkeitsqualität baut Luise Rinser auf dieser ›Baustelle‹ ab.«)

Wie gut sie schreibt. Wie genau sie beobachtet. Wie gegenwärtig sie sich macht: durch ihre Sprache, ihren Tonfall, ihre Zustimmung oder Ablehnung oder ihre Ausfälle der Wut und Verzweiflung. Sie schreibt: »Ich bin ärgerlich.« »Ich stehe fassungslos vor so viel Dummheit.« »Ich bin beobachtet.« »Ich weiß nichts davon.« »Ich weiß immer noch nicht, was ich wirklich vorziehe: das leidenschaftliche Leben der Unmäßigen oder ihr Scheitern, oder das gezähmte, das klare, disziplinierte der Einfachheit.« Ihr Leben als Schriftstellerin beschreibt sie, die ein Zuhause hat, das Haus in Rocca di Papa, erwachsene Kinder, einen Hund; die Tage erlebt, die sie niederdrücken und Tage, an denen sie die Welt umkrempeln möchte.

Träume, Erlebnisse, Begegnungen sind wiedergegeben, bald spontan, bald wohlüberlegt. Geschichten, richtige Geschichten, die auch deshalb in der Erinnerung bleiben, weil ihr Wahrheitsgehalt wichtiger ist als die Ausformung. Bekenntnisse, so frei und offen wie möglich. Folgerungen, die schon deshalb überzeugen, weil ihnen eine lange Kette von Fragen vorausgegangen ist.

Überhaupt Fragen, immer wieder: an sich, an andere, an Leute, die sie mag, und an Leute, die sie fürchtet. Sie drückt sich nicht. Sie wagt sich in die Höhlen der Löwen. Sie taxiert die Leute, das Milieu, den Anspruch. Das, was sie selber sagt und denkt und fühlt, und das, was die anderen vertreten. Immer wieder solche Summierungen: »Ich will bleiben, wo ich bin. Die Unbestimmtheit der Rolle (die Möglichkeit des jähen Rollenwechsels) macht mich leiden.« Oder die längeren Summierungen, um sich zu wehren gegen die Klischees, mit der andere sie behängen: »Ich gehöre nicht zum muffigen, ängstlichen, leibfeindlichen, denkunfähigen Teil unseres Kirchenvolkes. Weil ich, menschenliebend (und das bin ich trotz gelegentlicher Anfälle von Zorn über die Leute und ihre Dummheit), täglich zwei oder drei

Stunden dasitze und in Aufsätzen und unzähligen Briefen sie leite, tröste, aufmuntere, sie auf ›Werte‹ hinweise, in einer Sprache, die sie verstehen (während sie die Sprache der hohen Theologie und Philosophie nicht verstehen). Darum denken sie, ich sei lieb und gut und friedlich und geduldig: der Typ der frommen, braven Katholikin.«
Unmöglich, Einzelnes aus den vielen Tagebuchseiten herauszugreifen. Vielleicht eine Seite wenigstens, auf welcher »die Literatur« definiert wird, wie Luise Rinser sie versteht. Wo sie die Frage stellt: Was ist »ein Literat«? Und sie beantwortet: »Das ist einer, der sich mit Wörtern gegen das Elend der Menschheit und des Menschseins abschirmt. Ein Literat, das ist einer, der beim Aufschreiben dessen, was er an Elend beobachtet und registriert, kein anderes Leiden kennt als das: nicht die allerglänzendste, die originellste Formulierung dafür zu finden. Ein Literat ist einer, dem die Sprache Partner ist, nicht der Mensch in seiner Not. Jesus hat kein Buch geschrieben. Er hätte es gekonnt. Er hat schöne Kurzgeschichten und Parabeln erfunden und spannend erzählt, vermutlich noch besser, als sie uns in den Evangelien überliefert sind. Aber er hat nur erzählt, um etwas zu bewirken.«

In den Tagebüchern stehen also auch die authentischen Eigeninterpretationen Luise Rinsers. »– um etwas zu bewirken«. Das nimmt sie in Anspruch für ihre Romane, Novellen, Erzählungen: ›Jan Lobel aus Warschau‹, ›Mitte des Lebens‹, ›Daniela‹, ›Der Sündenbock‹, ›Die vollkommene Freude‹, ›Ich bin Tobias‹, ›Ein Bündel weißer Narzissen‹ und die anderen. »–um etwas zu bewirken« – da legt sie das Motiv bloß, das sie zum Schreiben drängt: zu ihren Themen, Erfindungen und Gestalten. »Draußen hungern Millionen und werden geschlagen in den Lagern und sterben einen armseligen Tod, und wir sollten in Frieden leben und geborgen sein? Das nennen sie Nächstenliebe.« Die empörte Frage und rhetorische Antwort könnten in ähnlichem Wortlaut in einem der Tagebücher stehen; sie stehen jedoch in der Erzählung ›Geh fort wenn du kannst‹. Angelina, die Hauptfigur, spricht so. Das Hauptthema ist damit angeschlagen: Wie verhalte ich mich angesichts der Welt und ihrer Unvollkommenheit?

Die Erzählung hat die verbürgten Daten des Zweiten Weltkriegs als Gerüst. So, wie er in Italien zu Ende gegangen ist; Italien, zwischen zwei Fronten, immer nahe dem völligen Chaos, in dem nur die wenigen Besonnenen und die, die ihrer

Ideologie folgten, einen klaren Kopf behielten. Zwei Mädchen treiben durch dieses Chaos: die schwächere, schwankende Giulia und Angelina, die entschiedene, kühne, stolze, die alle Ausflüchte, Kompromisse und Träume abwehrt und ihren Auftrag, wie den Menschen zu helfen wäre, so buchstabengerecht wie möglich ausführt – als Partisanin und Kommunistin. Doch dann geschehen Dinge, die Angelinas Sicherheit ins Wanken bringen. Zudem ist sie eine Gewählte und Berufene. Sie war es von vornherein, aber es war wichtig, Phase um Phase zu durchleben, um sich letztlich im Kloster dem größeren Gebot des Gehorsams zu unterwerfen und, so schwer verständlich für andere, mit Worten der Heiligen Schrift zu argumentieren: »Aber was ist das alles, die Liebe und der Schmerz, gegen die Freude der Taube, die des Vogelstellers Schlinge entronnen ist und ihr Nest gefunden hat?«

In verkürzter Form erinnert die Handlung eher an eine Legende aus früherer Zeit als an einen Vorgang aus der jüngsten Vergangenheit. Und doch: sie ist mehr als nur eine erfundene Erzählung. (Eine Leserin in Italien konnte Luise Rinser sogar nachweisen, sie kenne die Vorgänge aus eigener Erfahrung!) ›Geh fort wenn du kannst‹ ist ganz im Sinne der Autorin eine Parabel, die »etwas bewirken will«. Ihr Ergebnis wäre zu einfach, sprengte es sich nicht auf in komplizierte Folgerungen, die zu langem Nachdenken auffordern. Das kontemplative Leben, zu dem Angelina sich entscheidet, ist nur die eine Möglichkeit. Die andere verwirklicht ihr Freund Antonio, der ehemalige Theologe, der Kommunist, der Politiker. Er hilft nach dem Chaos aktiv mit, »eine bessere Welt« zu schaffen.

In Giulia, der Verfasserin des »Berichts«, ist wieder, wie in der Ich-Erzählung des ›Jan Lobel aus Warschau‹, die Autorin Luise Rinser erkennbar. Eigene Lebensspannungen lassen sich ahnen: Tat und Gebet, Leidenschaft und Zucht, Rebellion und Gehorsam und viele andere Polaritäten. Die *vita activa* neben der *vita contemplativa*. Beide Möglichkeiten haben Platz in der »Wirklichkeit«, wie Luise Rinser sie propagiert, als Frau und Autorin.

Hans Bender